पेंगुइन स्वदेश

मैं तुम्हें फिर मिलूँगी

अमृता प्रीतम पंजाबी के सबसे लोकप्रिय लेखकों में से एक हैं। अमृता प्रीतम का जन्म 1919 में गुजरांवाला पंजाब (भारत) में हुआ। उनका बचपन लाहौर में बीता और शिक्षा भी वहीं हुई। किशोरावस्था से उन्होंने लिखना शुरू किया। उन्होंने सौ से अधिक कविताओं की पुस्तकें लिखीं, साथ ही फिक्शन, बायोग्राफी, आलेख और आटोबायोग्राफी लिखकर साहित्य में नया मुकाम हासिल किया। इनकी तमाम पुस्तकों का कई भारतीय भाषाओं सहित विदेशी भाषाओं में भी अनुवाद हुआ। अमृता प्रीतम पहली महिला लेखिका हैं, जिन्हें 1956 में साहित्य अकादमी पुरस्कार मिला। 1982 में उन्हें *काग़ज़ ते कैनवास* के लिए ज्ञानपीठ पुरस्कार मिला। 2004 में पद्मविभूषण भी प्रदान किया गया।

अमृता

कभी-कभी
ख़ूबसूरत ख्याल
ख़ूबसूरत शरीर
भी धारण
कर लेते हैं . . .

—इमरोज़

मैं तुम्हें फिर मिलूँगी

अमृता प्रीतम

पेंगुइन स्वदेश
पेंगुइन रैंडम हाउस इंप्रिंट

पेंगुइन स्वदेश

यूएसए। कनाडा। यूके। आयरलैंड। ऑस्ट्रेलिया। सिंगापुर
न्यू ज़ीलैंड। भारत। दक्षिण अफ़्रीका। चीन

पेंगुइन स्वदेश, पेंगुइन रैंडम हाउस ग्रुप ऑफ़ कंपनीज़ का हिस्सा है,
जिसका पता global.penguinrandomhouse.com पर मिलेगा

पेंगुइन रैंडम हाउस इंडिया प्रा. लि.,
चौथी मंज़िल, कैपिटल टावर-1, एम जी रोड,
गुरुग्राम 122 002, हरियाणा, भारत

पेंगुइन
रैंडम हाउस
इंडिया

प्रथम हिन्दी संस्करण हिन्द पॉकेट बुक्स द्वारा 2006 में प्रकाशित
प्रस्तुत हिंदी संस्करण पेंगुइन स्वदेश में पेंगुइन रैंडम हाउस द्वारा 2026 में प्रकाशित

10 9 8 7 6 5 4 3 2

ISBN 9789353497422

मुद्रकः रेप्रो इंडिया लिमिटेड

www.penguin.co.in

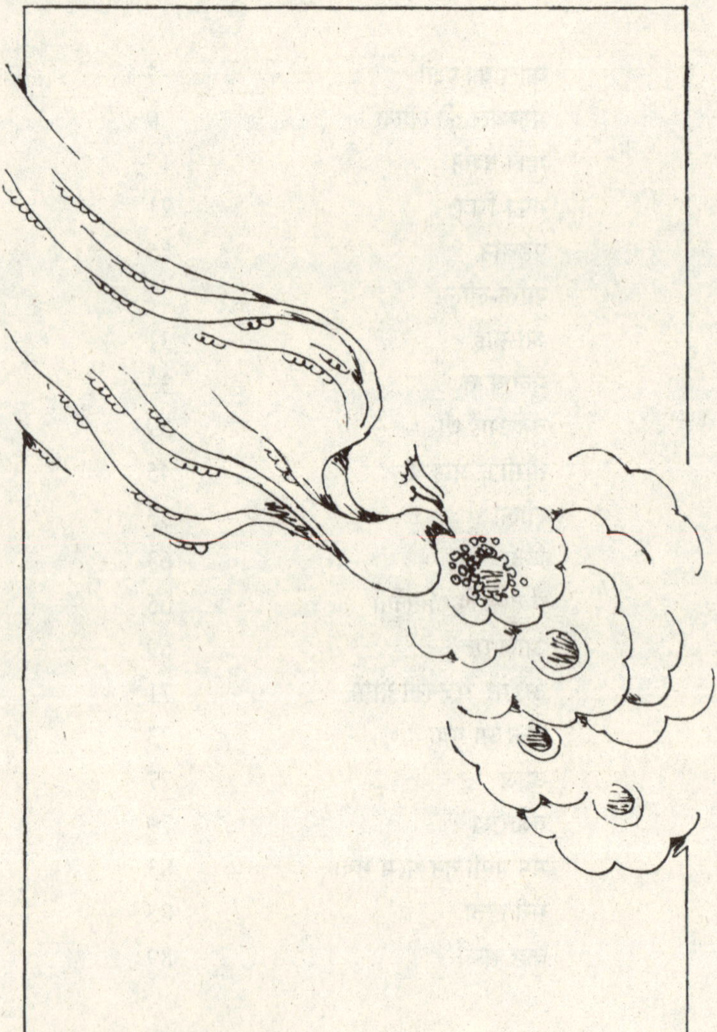

काल का पक्षी

मां री, काल का पक्षी उड़ रहा,
वह कुछ सुनता न कहता

ऊंचे कलश बहुत हैं मेरी मां
वह किसी कलश पर नहीं बैठता

दिन का सूरज ढूंढ़ने निकलता
जाने किस दिशा में वह रहता
कहां से आता, कहां वह जाता
कोई दिन चढ़ता न उतरता

यज्ञ और हवन चूरी करते
वह तिल न होंठों को लगाता
काल का पक्षी उड़ रहा है, मेरी मां!
वह कुछ सुनता न कहता

मां ओ, आज अपनी आंखों से देखा
वह मन के वन से गुज़रता
जिस पल में इश्क़ बौराए
उस पल का चोगा चुगता

ओ मां, काल का पक्षी उड़ रहा है!

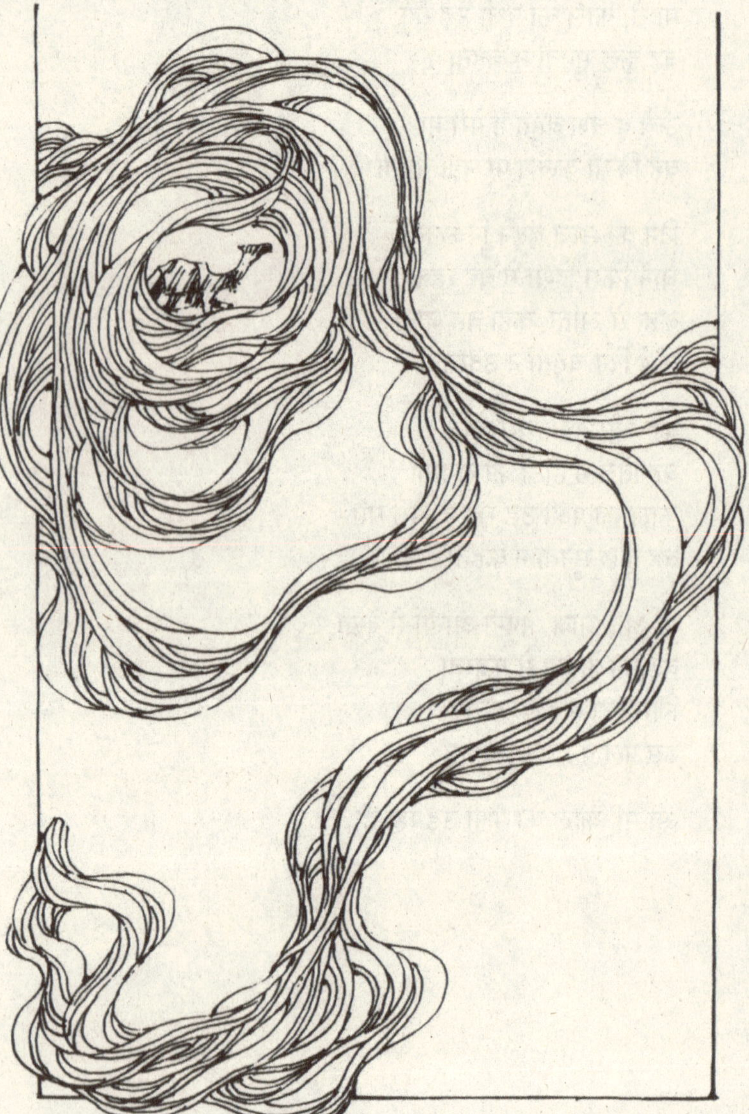

मरुस्थल की लीला

एक गहरी शाम थी
वह रेत के टीले पर बैठी
अंधेरे का तागा
उंगलियों पर लपेटती रही...

फिर ऊपर आसमान पर
कोई तारा चमका
उस रोशनी की किरण को
वह देह पर मलती रही...

दूर अंधेरे की घाटी से
घंटियों की आवाज़ आई
कि जैसे कोई डाची (ऊंटनी)
किसी सफ़र पर चली हो
वह टीले से उतर आई
घंटियों की दिशा में खड़ी हुई
तो लगा – कोई बात थी
जो इस राह से गुज़र रही हो...

ये मरुस्थल की लीला
चांद की कतरन ने देखी
और वह जो, रेगिस्तान में खड़ी थी
खड़ी-सी रह गई,
अंधेरी दिशा से –
जो डाची आई थी
वह घुटनों के भार

उसके पैरों में बैठ गई...
उसकी कांपती हथेली ने
डाची के बदन को छुआ
डाची ने गर्दन हिलाई
तब नहीं जानती, वह क्या था
जो घंटियों में टुनका
किसी काल का स्मरण
किसी ने हल्के से
छाती पर छिटका...

वह डाची पर बैठी, तब विरह का दुख
उसके पैरों तले, रेत-सा झड़ने लगा,
चांद की कतरन ने जादू बिछाया
तो दूर कितने ही साये
दौड़ते-हांफते नज़र आए
और उसके कलेजे की तरह
रेत का दिल डूबने लगा...

अजब सोच उसके मस्तक से टकराई –
कि उत्तर दिशा की तरफ़
झाड़ियों के पीछे
पानी का छप्पड़ है,
और उस प्यासी ने,
जब डाची को उस दिशा में मोड़ा
तब वह बिना नकेल की डाची
दक्षिण दिशा की तरफ़ भागी...

रेत के गुबार उठते रहे
जो कभी डाची से आगे भागते,
कभी पीछे से ऐसे आते

जैसे डाची का निशान तलाश रहे हों,
कोई-कोई यूं दिखते
कि उसे पहचाने हुए लगते,
वह याद की मुट्ठी भरती
तब मुट्ठी से रेत की तरह फिसल जाते...

एक जगह लगा कि कोई
कुछ रेत में दबा रहा है
और रेत की क़ब्र के पीछे
वह ख़ुद भी छुप रहा,
दूर कोई और नज़र आ रहा था
शायद कुछ बताना चाह रहा था
जो रेत पर उंगलियों से
जाने कितना कुछ लिख रहा...

इतने में एक आफत-सी
बवंडर की तरह आई
झपट कर उसे
डाची से उतारने लगी
तब डाची ने ज़ोर से
गर्दन हिलाई...

एक घंटी चीख़ की तरह बजी
और कहीं से कोई साया आया,
उसने बाज़ुओं को आगे किया
और डाची वाली को थाम लिया...
सुन ओ डाची वाली!
कानों के पास से एक पवन सरकी
और टूट रही आवाज़ में

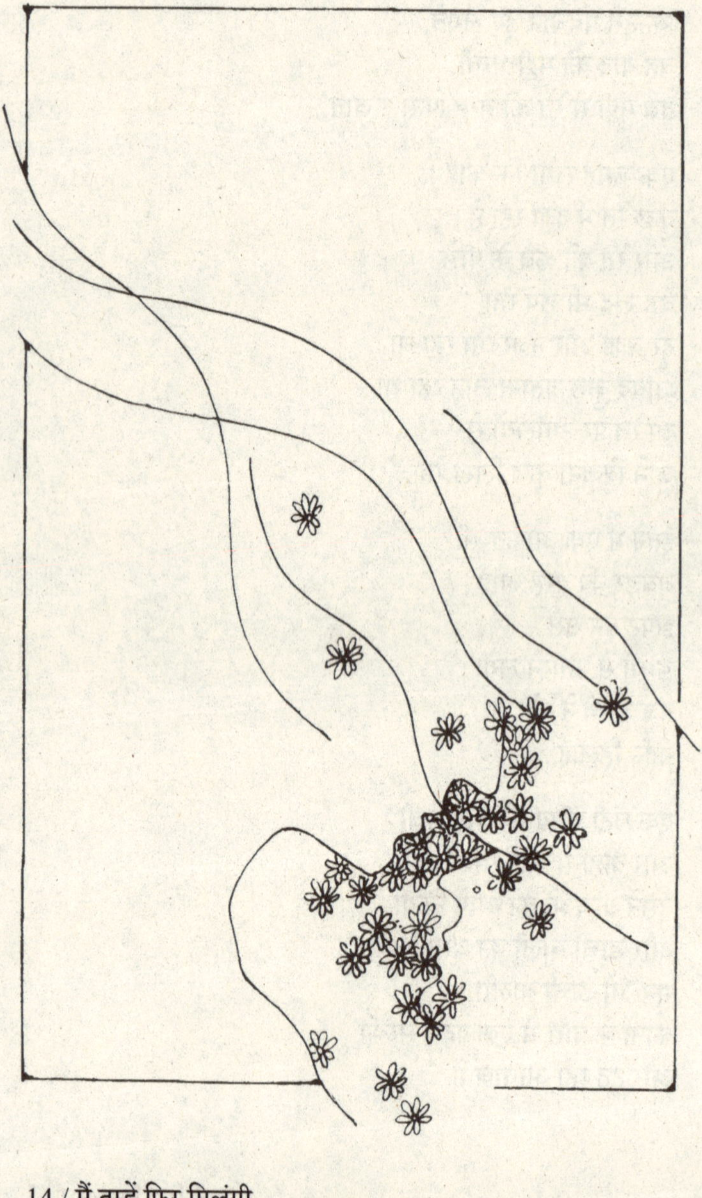

कहने लगी –
ये कई जन्मों की स्मृतियां
अगर किसी ने घंटियों से बांध दीं
यह मरुस्थल की लीला
कुछ खोल देगी
पर तुम्हारी यह बिन नकेल की डाची
तुम्हें मरुस्थल में भटका देगी...

यूं मरुस्थल में नहीं जाते
उस पवन ने कानों में कहा
पहले तो पर्वत पर जाते हैं
अन्तर का दीया जगाते हैं
और रूठे हुए
फ़क़ीर को मनाते हैं
वह डाची को चन्दन चराता है
आसमान का पानी पिलाता है
और अपने हाथों से
डाची को नकेल डालता है...

यह चेतना की किरन थी
जो उसके मस्तक को छुई
तब अपने वजूद की
ज़मीन पर चलती
पगडंडी पर चढ़ने लगी,
ऊपर पहाड़ से
महक आ रही थी
जो उसके पीर का
कुछ पता देती थी
और उसने देखा
कि उसके पीछे-पीछे
उसकी डाची भी चली आ रही थी।

गुफ़ा-दर्शन

मौत और जन्म का फ़ासला
पांवों के सामने बिछा देखा।
और देखा –
कि दूसरी तरफ़ गुफ़ा थी
दूर कहीं, जाने कहां
शायद एक नहीं,
कई मौतों की दूरी पर...
पर लगा कि वह मेरी चेतना को
वहां वापस बुला रही थी...

होशमन्दी का मौसम बदल जाता
वह अंधेरे में गुम जाती
पर जब कभी –
याद की तीखी पवन बहती
हर मौत वाला
स्याह बादल हिल जाता
तब फिर दूसरी तरफ़
कोई गुफ़ा दिखती थी...

फिर ख़ुदा जाने वह कौन-सी घड़ी थी
और जाने किस फ़क़ीर की रहमत
कि हर मौत के
अंधेरे से गुज़रकर
मैं गुफ़ा के द्वार तक पहुंची
जंगल के पत्ते
उड़कर आए
और बिछुड़े हुए मित्र की तरह मिले

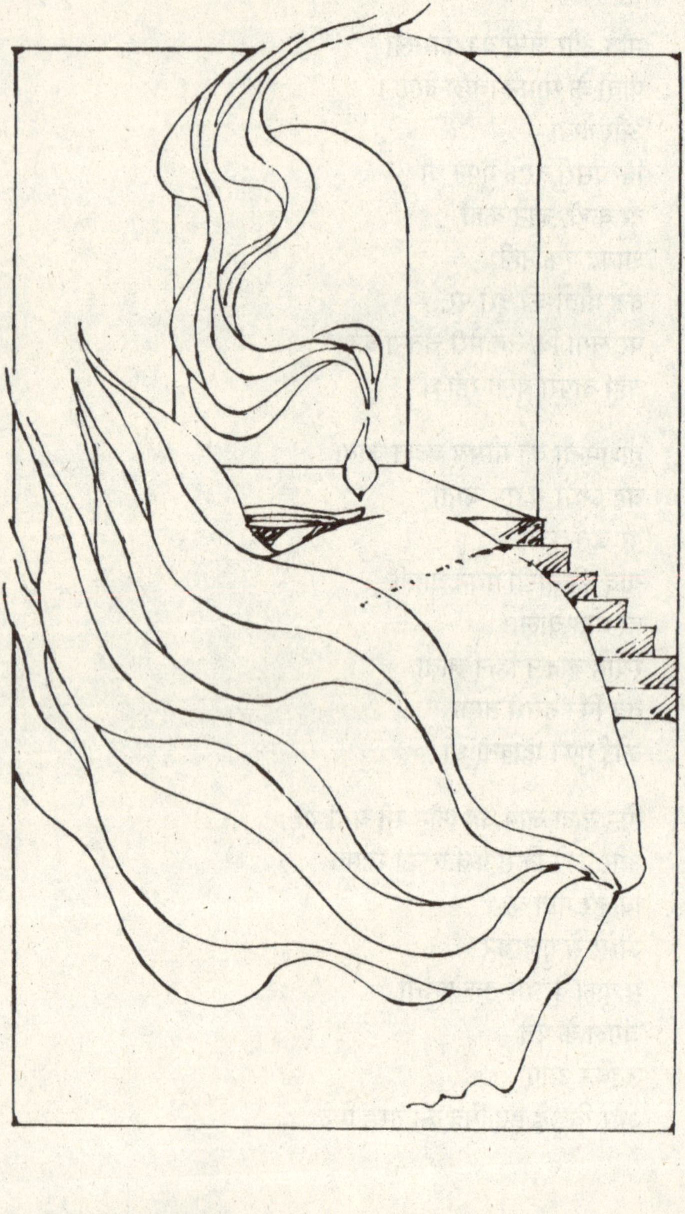

किसी झरने ने अंजुलि भरी
मेरे मस्तक पर पानी छिटका
चेतना आकारमय हुई
और मेरा हाथ पकड़कर
गुफ़ा से निकली...
अगर इबादत को इश्क़ कहा जा सके
तो कह सकती हूं –

वह गुफ़ा मेरे इश्क़ की दरगाह थी
अगर शिला को
सेज कहा जा सके
तो कह सकती हूं –
कि वहां पांच तत्वों का
वस्ल हुआ था...
अगर काया के अंग
पूजा के फूल होते हैं
तो कह सकती हूं –
कि गुफ़ा से
फूलों की महक आ रही थी...

अब याद नहीं आ रहा –
मैं कब दरगाह से लौटी थी
और अब –
कई मौतों के अन्तराल पर खड़ी हूं
पर इतना जानती हूं
कि चेतना का धागा
हर मौत से गुज़रकर
मेरी ज़िन्दगी लपेटता है
और आज भी इस मेरे वजूद का टुकड़ा
दरगाह के दीये की तरह जलता है...

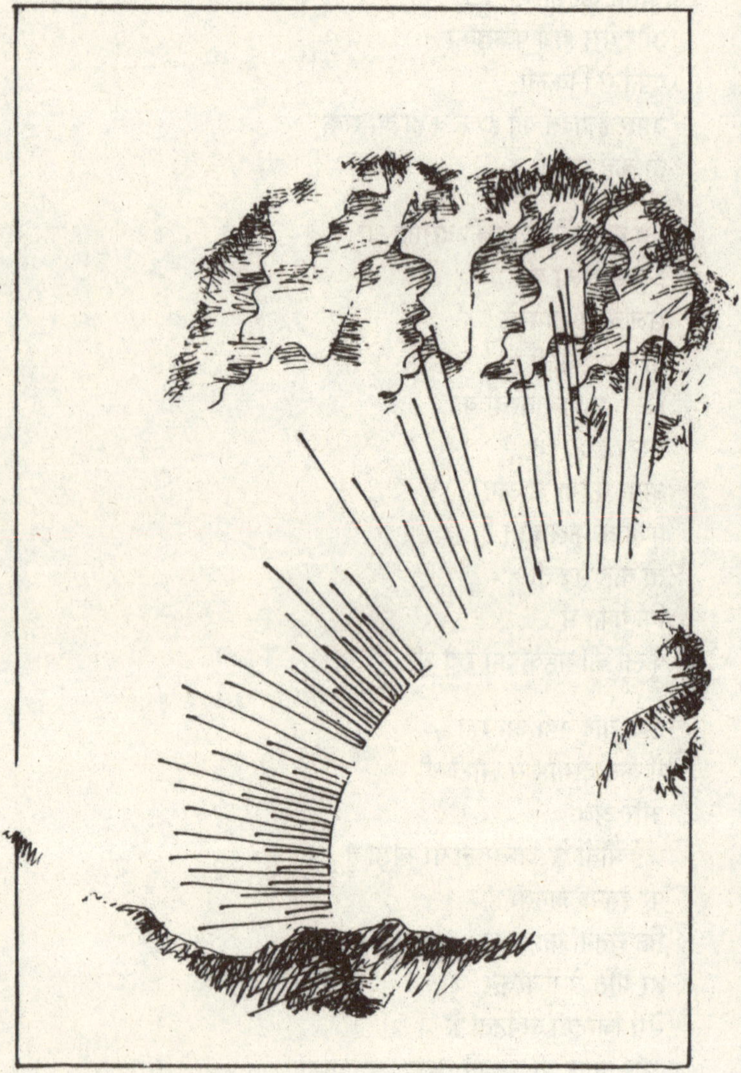

गुफ़ा-चित्र

उस दिन सूर्य
जब गुफ़ा के द्वार पर आया...
तो कई रंग का
शाही जामा पहनकर आया...

जाने ख़ुदा ! – इस गुफ़ा से
वह कैसी कशिश उठी थी
कि सूरज ने सिर झुकाया
और गुफ़ा के संकरे द्वार से निकल आया...

और भीतर – उस गुफ़ा की दीवारों पर
काया-योग के चित्रों को देखता
पत्थर-शिला पर बैठ गया...

चित्र प्राणमय हुए, हंसे
और कहने लगे –
काया से गुज़रकर
जो काया से पार जाता है
उसका कभी चित्र नहीं बनता...

किरनों ने आंखें झपककर –
दीवारों को देखा
तो शिला –
समाधि का आसन बन गई
और शक्ति-कणों की मिट्टी
सूरज को, चित्रों से पार ले गई...

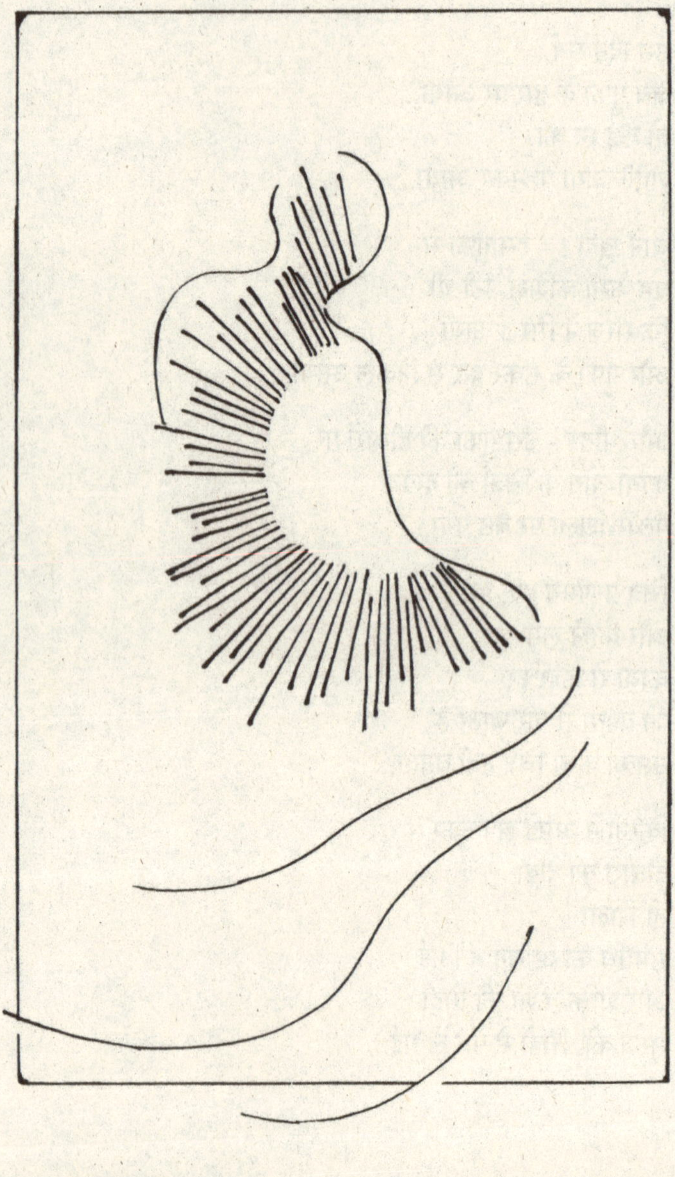

फिर सुन्न हुए सूरज के बदन को –
जब वक़्त ने हिलाया
तब अलौकिक से लौकिक होते हुए
सूरज ने अपने बदन का
शाही जामा उतार दिया
और उसी शिला पर बैठकर
गुफ़ा की दीवारों को पहन लिया...

मैं नहीं जानती –
यह किस काल की गाथा
पर इतना जानती हूं – कि ऐसा वक़्त आया था
कि गुफ़ा के चित्रों को देखते हुए
सूरज दरवेश हुआ था...

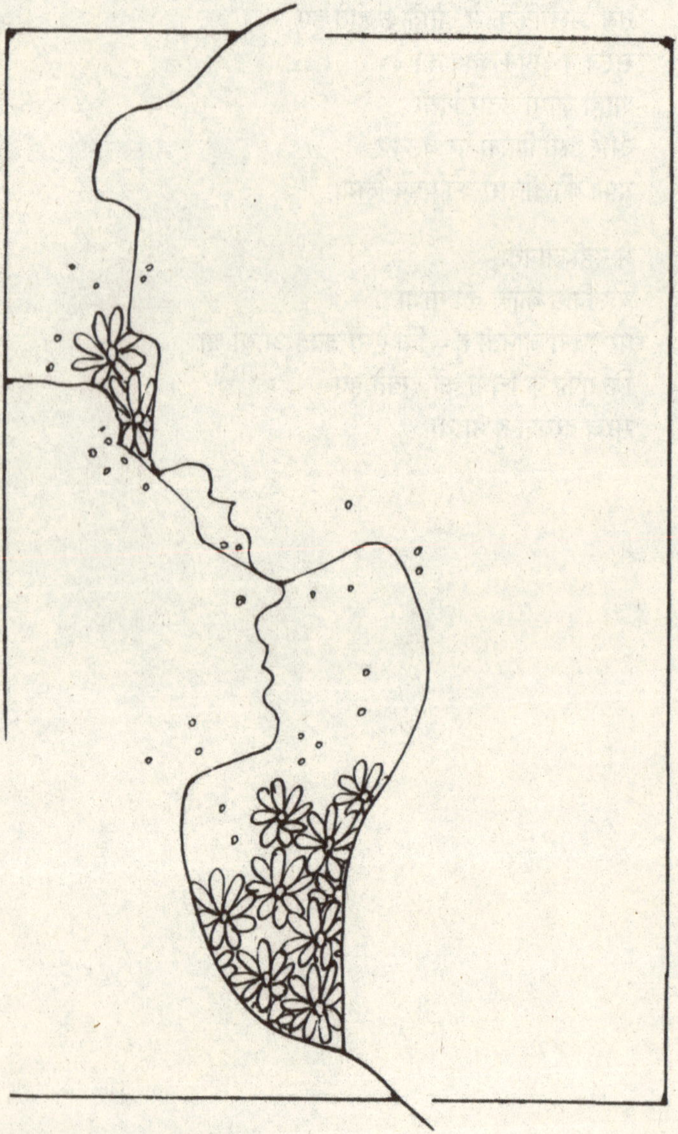

पहचान

तुम मिले
तो कई जन्म
मेरी नब्ज़ में धड़के
फिर मेरी सांस ने तुम्हारी सांस का घूंट पिया
तब मस्तक में कई काल पलट गए –

एक गुफ़ा हुआ करती थी –
जहां मैं थी और एक योगी
योगी ने जब बाज़ुओं में लेकर
मेरी सांसों को छुआ
तब अल्लाह क़सम!
यही महक थी –
जो उसके होंठों से आई थी –
यह कैसी माया, कैसी लील।
कि शायद तुम ही कभी वह योगी थे
या वही योगी है –
जो तुम्हारी सूरत में मेरे पास आया है
और वही मैं हूं – और वही महक है....

शक्ति–लीला

एक दिन जंगल में गई
तब देखा – वहां पेंघ पड़ी थी
दूर थी – सोचा
यहां कौन झूलता होगा
पर क़दम-क़दम पास गई
तो देखा
गणेश जी पेंघ झूल रहे
और झूले के हिचकोले में मुस्कुरा दिए...
फिर जंगल में खेलती
तीन परीज़ादियां भी आईं
जो गणेश के झूले को हिलोरा-सा देतीं
हंसीं, टहकीं...
और साथ ही पेड़ों के पत्ते झूम उठे
मैं हैरान हो कभी एक को देखती
कभी दूसरी पर नज़र जाती –
तो नज़र उठती नहीं थी
और ख़ुदा जाने कहां से आवाज़ आई –
यह सरस्वती, पार्वती और लक्ष्मी
आज गणेश-लीला खेल रही हैं...
ओ रासलीला वाले!
तुम्हारी रासलीला तो जग जानता
मैंने तुम्हारा दीदार किया
तुम्हारी बांसुरी सुनी – तब हैरान नहीं थी
पर आज जो सखी-लीला देखी
और गणेश जी बांसुरी बजाते भी देखे
यह बांसुरी तो कहीं सुनी न जानी

पर शक्ति की लीला कौन जानता!
सिर्फ़ लगा –
कि शायद मेरे मस्तक में सोई
कोई नस जागी है
और कैसा दिन आया है
कि मेरी महदूद-सी हस्ती ने
शक्ति की एक और लीला का
आज दर्श-दीदार पाया है।

ओ साईं

ओ साईं ! तेरे चर्ख़े ने
आज कातने वाली को कात लिया है

हर एक सूत डलिया में डाला
न कोई गया न ही कोई आया
हाय अल्लाह! आज क्या बनी है
इस पूनी कातने वाली को

ताक (आला) किसी ने बन्द किया न खोला
सुस्त पड़े हैं रंगीन पीढ़े
देख, अटेरन बौर्राया हुआ है
ढूंढ़ता है कातने वाली को

न किसी ने दी न किसी ने मांगी
दूसरे के कानों में आवाज़ न गई
आसमान हंसकर देखने लगा
इस छप्पर पर छत डालने वाली को।
ओ साईं ! तेरे चर्ख़े ने
आज कात लिया कातने वाली को।

मुलाक़ात

मैंने पल-भर के लिए – आसमान को मिलना था
पर घबराई हुई खड़ी थी...
कि बादलों की भीड़ से कैसे गुज़रूंगी...

कई बादल स्याह काले थे
ख़ुदा जाने – कब के और किन संस्कारों के
कई बादल गरजते दिखते
जैसे वे नसीब होते हैं राहगीरों के...

कई बादल शूकते, चक्कर खाते
खंडहरों के खोल से उठते ख़तरे जैसे...
कई बादल उठते और गिरते थे
कुछ पूर्वजों की फटी पत्रियों जैसे...

कई बादल घिरते और घूरते दिखते
कि सारा आसमान उनकी मुट्ठी में हो
और जो कोई भी इस राह पर आए
वह ज़र-ख़रीद गुलाम की तरह आए...

मैं नहीं जानती थी कि क्या और किसे कहूं
कि काया के अन्दर – एक आसमान होता है
और उसकी मोहब्बत का तक़ाज़ा...
वह कायनाती आसमान का दीदार मांगता है...

पर बादलों की भीड़ का यह जो भी फ़िक्र था
यह फ़िक्र उसका नहीं – मेरा था

उसने तो इश्क़ की कनी खा ली थी
और एक दरवेश की मानिन्द उसने
मेरे श्वासों की धूनी रमा ली थी...
मैंने उसके पास बैठकर धूनी की आग छेड़ी
कहा – ये तेरी और मेरी बातें...
पर ये बातें – बादलों का हुजूम सुनेगा
तब बता योगी! मेरा क्या बनेगा?

वह हंसा –
नीली और आसमानी हंसी
कहने लगा –
ये धुएं के अम्बार होते हैं –
घिरना जानते
गरजना भी जानते
निगाहों को वर्जना भी जानते
पर इनके तेवर
तारों में नहीं उगते
और नीले आसमान की देही पर
इल्जाम नहीं लगते...

मैंने फिर कहा –
कि तुम्हें सीने में लपेटकर
मैं बादलों की भीड़ से
कैसे गुज़रूंगी?
और चक्कर खाते बादलों से
कैसे रास्ता मांगूंगी?

ख़ुदा जाने –
उसने कैसी तलब पी थी
बिजली की लकीर की तरह

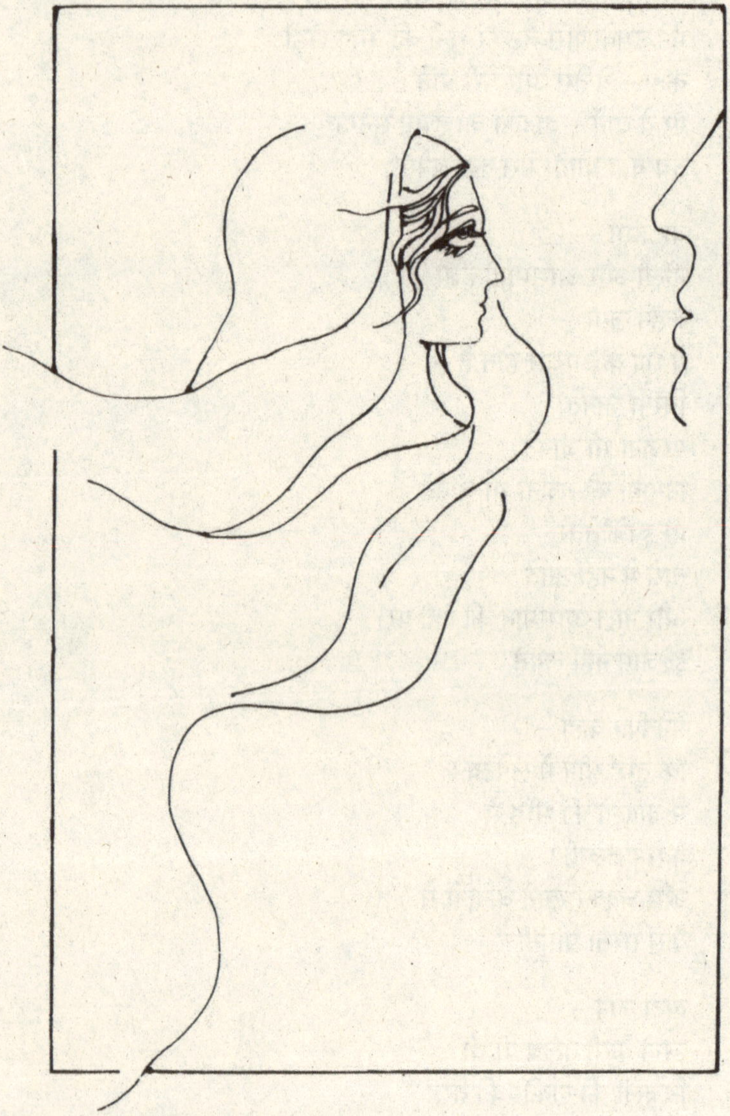

उसने मुझे देखा,
कहा –
तुम किसी से रास्ता न मांगना
और किसी भी दीवार को
हाथ न लगाना
न ही घबराना
न किसी के बहलावे में आना
बादलों की भीड़ में से –
तुम पवन की तरह गुज़र जाना।

वह आई थी

वह आई थी
शिनाख़्त के काग़ज़ों पर
मोहरें लगवाती हुई
और सफ़र के लिए
उंगलियों पर गिने जा सकने योग्य
दिनों की मोहलत मांगकर...

मैंने उसे बांहों में लिया
तो सूरज अस्त होने को था –
जो आलते की एक मुट्ठी
मेरी मुंडेर पर छिड़कता
उसे मेरे हवाले करता हुआ
आसमान से गुज़र गया...

उसने सिर पर ओढ़े हुए
काले दुपट्टे को
कन्धों पर रख लिया
और चाय के गर्म घूंट लेती हुई
इत्मीनान से बैठ गई...

उस वक़्त मैंने
अपने हाथों पर पड़ी
वक्त की सलवटों को देखा
कहा – अच्छा हुआ, तू आ गई
अब वक़्त बहुत बाक़ी नहीं...

कहने लगी – यह क्या है!
यह मिट्टी की रेखा
पार करने के लिए
निगोड़ी इजाज़त थी
कि मिलती ही नहीं थी...
मेरे पल्लू में किताबें थीं

और ये किताबें
शिनाख़्त नहीं बनतीं
न मेरी शिनाख़्त, न तेरी –

वहां एक सख़्त-सी आवाज़ थी
जो पूछने लगी –
उस पार रहने का ठिकाना क्या होगा?
तो मैंने तेरा नाम लिया
आवाज़ कहने लगी – एक नाम से क्या होगा,
कुछ और नाम भी लो!

मैंने कहा –
यह सौ नामों से बड़ा एक नाम है।
पर उनके कान थे
जो कुछ सुनते ही नहीं थे
ख़ुदा-ख़ुदा करके कहीं मोहरें लगीं
तो आना हो सका
फिर भी रास्ते में
दो-दो जिरहगाहों से गुज़रना पड़ा...

मैंने जब काले अंगूरों की प्लेट
उसके सामने रखी
तो हैरान-सी कहने लगी –
इतने ताज़ा और काले अंगूर!
ये किस मौसम के हैं?
मैंने कहा – इस ज़मीन पर
कई मौसम एक साथ चलते हैं
कुछ मीलों का फ़ासला
तो मज़हब की तरह
मौसम भी बदल जाता है...
और पूछा, ये बताओ
कि एक गीत था
लाहौर शहर का ऊंचा बुर्ज
नीचे उसके बहता दरिया
बदन रगड़-रगड़कर हसीनाएं नहाती हैं

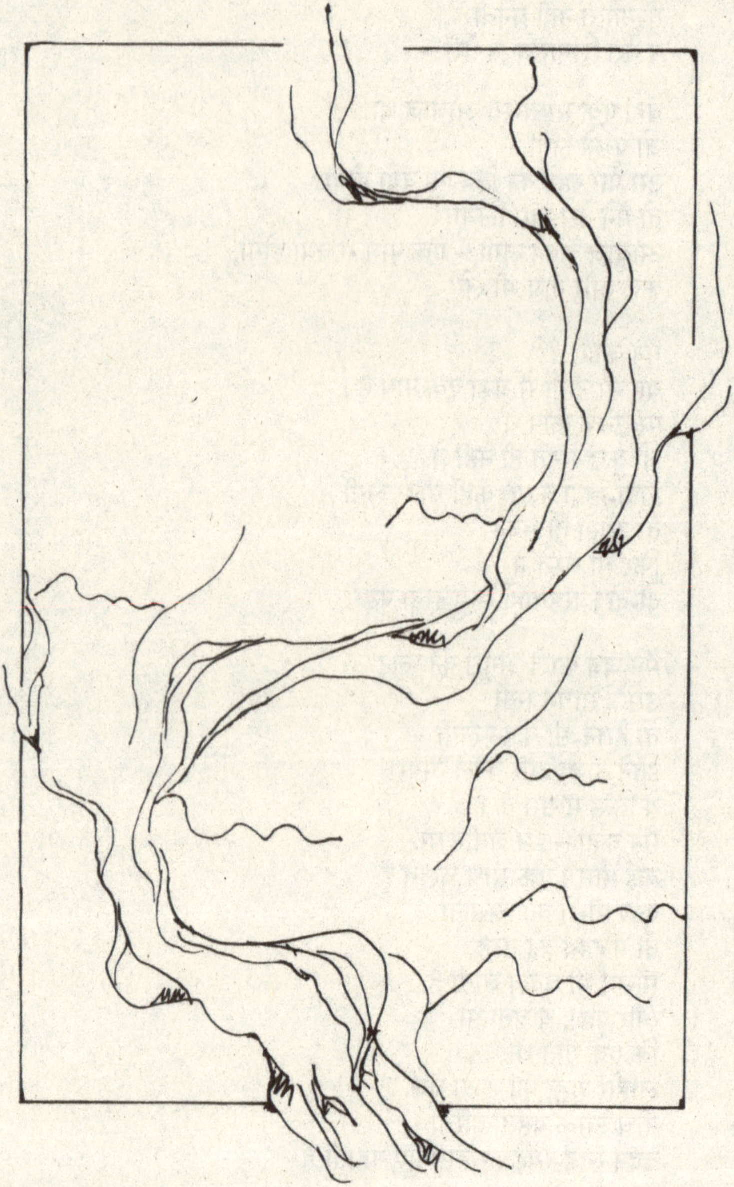

और गुरु का नाम लेती हैं...
उस दरिया का क्या हाल है,
और उस गीत का?

कहने लगी –
वे पानी दरिया के किनारों से
कबके बह चुके
और गुरु का नाम?
वह भी कबसे कुफ़्र हो चुका...

मैंने कहा – हाय अल्लाह!
गुरु-मुर्शिद का नाम भी
कभी कुफ़्र हुआ है?
फिर पूछा –
एक रफ़ूगर होता था
फटी हुई धरती को सिलता और रोता,
– वह मंटो ?
कहने लगी –
होता था, पूरा था हो गया है...

मैंने कहा – और वह
जो नीम अंधेरी राहों में
मारे जाने वालों की बात करता,
– वह फ़ैज़ ?
कहने लगी –
वक़्त की याददाश्त बस इतनी ही होती है
एक बरस – मुश्किल से दो
और फिर शहरे-ख़ामोशां...

और वह?
मैं कुछ और कहने लगी थी
कि तौसीफ़ ने 'शहरे-ख़ामोशां' कहा...

तो कहीं, मेरे बदन में कहीं
कुछ दीये से जलने लगे...
शायद कुछ क़ब्रों पर रखने के लिए...

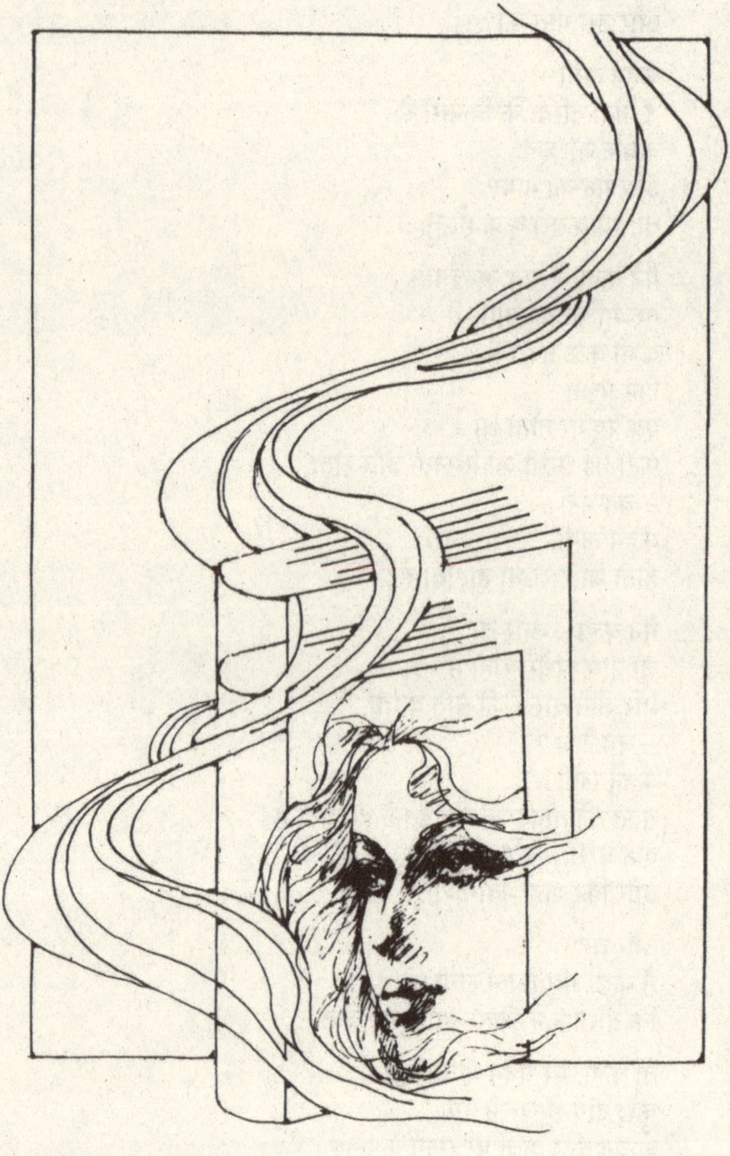

तौसीफ़ आई थी

तौसीफ़ आई थी, चली गई
जाना ही था।
सिर पर लौट जाने की
तारीख़ लटकती थी...

उतरते सूरज ने, आकाश पर
एक तिलिस्म-सा बिछाया
बादल भी किरनों के सुर्ख़ रंग के
जादू को देखते रहे
फिर आहिस्ता-से, एक उदासी
किरनों को स्याह करने लगी...

तब एक दीवानगी आकाश से उतरी
और बहती हवा में
ज़र्रे की तरह उड़ती
मेरी सांसों में मिल गई...
सांस कुछ थर्राने लगी
लगा – बहुत थक गई हूं...

तब ख़ामोशी –
आवाज़ में बदल गई
कहने लगी – कुछ याद आया?
कहीं एक मज़हर-उल-इस्लाम है...
मैंने कहा, अरे, यह कोई भूलने की बात है!

तुम कहना क्या चाहती हो?
कहने लगी – अगर वह याद है

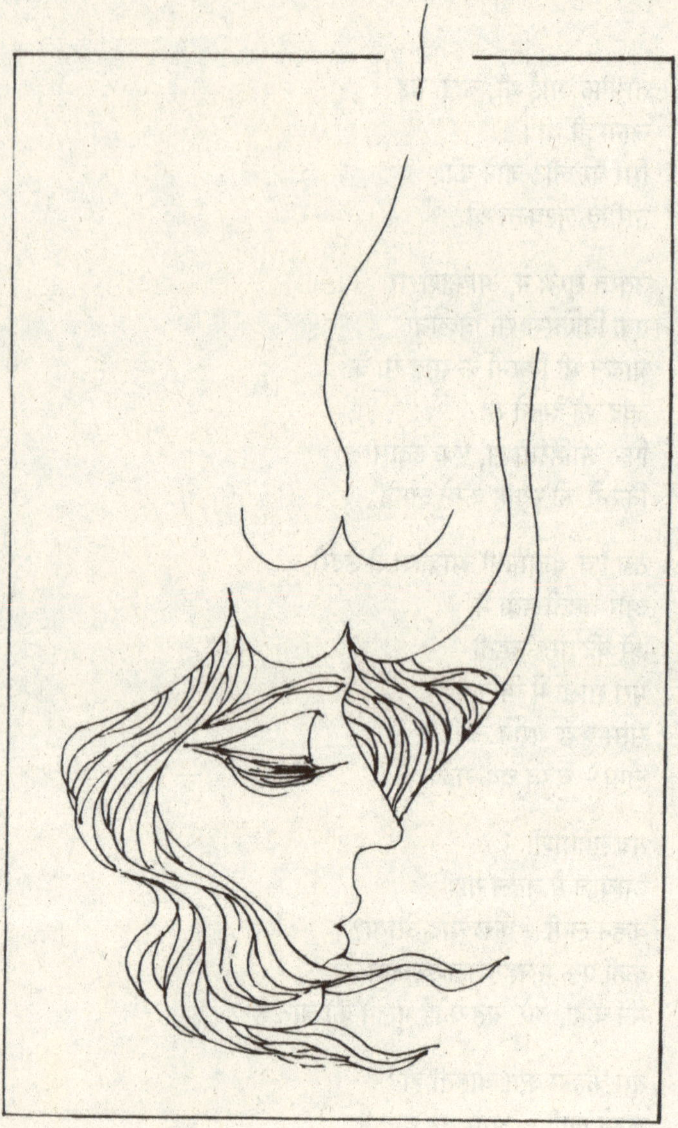

तो उसकी कुछ दुआएं भी तुम्हें याद होंगी –
मैं हंस दी – उस दरवेश की दुआएं?
उसका तो एक-एक हरफ़
सोए हुए वक़्त के पहलू में
जागती आवाज़-सा बैठा है...

कहने लगी – आज की उदास बेला
ज़रा कट जाएगी
तुम कोई भी दुआ मांगो!

मैंने कहा – पगली, किससे मांगूं
अगर कोई सुनता है
तो यह ख़ामोशी भी सुन लेगा...

कहने लगी – जाने दो इस बात को
पर तुम्हें आवाज़ से परहेज क्यों?
बस, एक आवाज़, और मुट्ठी-भर अक्षर
यही तो तेरे पास है...

मैंने गहरी सांस ली,
कहा – हां, यही तो हैं
कहने लगी –
ग़र तुम्हें कुछ कहना हो, तो क्या कहोगी?

मैंने कहा – पहली बात तो यह
कि जिसने ये दुआएं लिखी हैं
वह सलामत रहे!
और दूसरी बात यह –
कि जिनके हाथ में, वक़्त की लगाम है
उन्हें ये दुआएं सुनने की तौफ़ीक मिले!

वह क़हने लगी – और जो तेरा इलियास है –
मैंने कहा – ख़ुद उसे ख़ैरियत से रखे
उसी से तो पंजाबी कहानी अपने-आप पर नाज़ करती है –
उसने फिर कहा – और वह जो तुम्हारे फ़ख़र हैं, तौकीर हैं,
मैंने कहा – उनसे तो पंजाब के अदब को
अलहदा नज़रिया मिला है...
ख़ुदा उनकी भी ख़ैर करे!
वह मुस्कुराई, और कहने लगी –
और वह जो तेरी साराह थी
कुछ उसके लिए नहीं कहेगी?

मैंने कहा – वह कहती थी –
मैं ख़ुदा के हाथ से गिरी हुई दुआ हूं
और मैं यह कहूंगी –
कि साराह जैसी नेमत को
कभी भी ख़ुदा अपने हाथों से गिरने न दे!

वह ख़ामोश हो गई
फिर कहने लगी – और यह तेरी तौसीफ़?
मेरी उदासी रात की तरह गहराने लगी
कहा – कमबख़्त ने अपना घोंसला
फ़ाख़्ता के घोंसले की तरह
तोप के मुंह पर बनाया है –
और कहना चाहूंगी –
कि अब कोई भी तोप कहीं चलने न पाए!
वह कुछ गमग़ीन हुई
फिर कहने लगी – कुछ और नहीं कहोगी?

मैंने कहा – तुम्हें याद होगा
कि मज़हर ने दुआ मांगी थी –

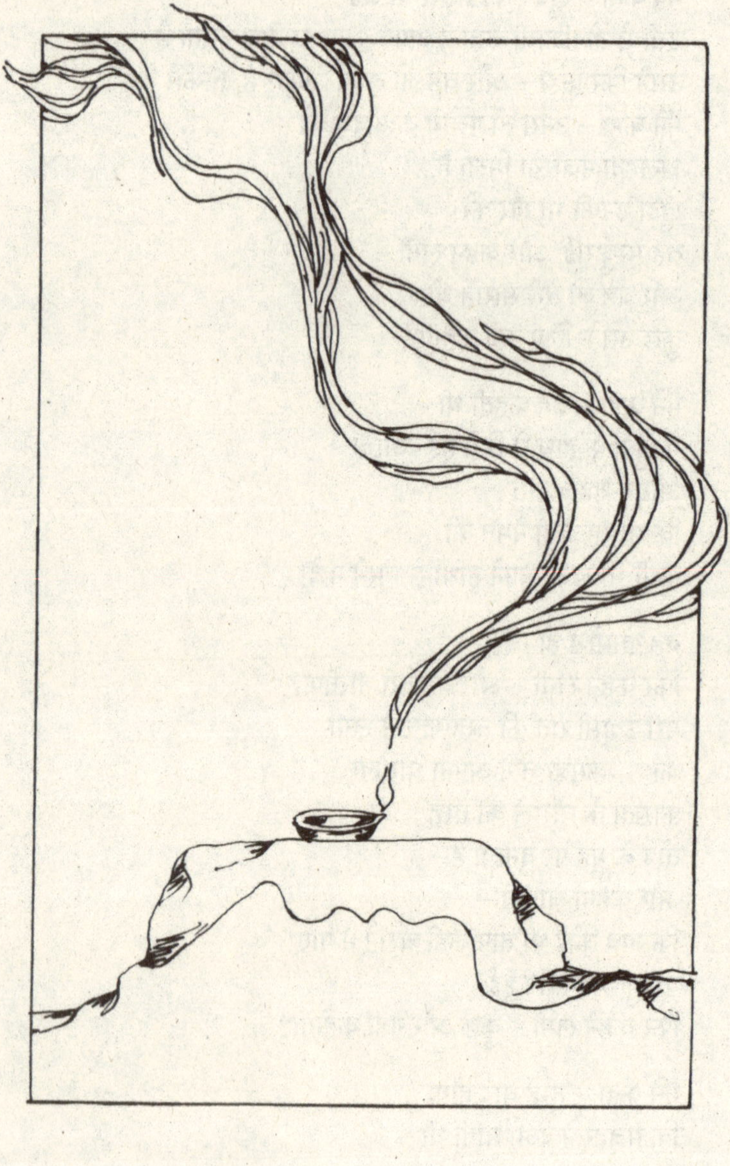

"ऐ ख़ुदा! इन सभी बच्चों को
वोट देने की उम्र से पहले
सच के सफ़र की थकान को –
सहने का बल देना –
और मैं कहना चाहूंगी

– ख़ुदा! किसी के हाथ में
क़लम देने से पहले
उसे सच लिखने की तौफ़ीक देना।
वह ख़ामोशी में ख़ामोश होती
कहने लगी – इन दिनों तुमने
अपने अन्दर कहीं दीये देखे हैं

मैंने कहा – हां, एक मंटो था
और भी कुछ मंटो हुए हैं
उनकी क़ब्र पर मैंने दीये जलाने हैं!

वह मुस्कुराई –
और एक राज़दाना आवाज़ में कहने लगी –
लेकिन एक दीया है
वह छिपाकर क्यों रख लिया?

मैं उसकी ओर देखने लगी
फिर कहा – हां, रखा है
वक़्त आने पर
अपनी क़ब्र पर जाकर जलाने के लिए...!

लीला

किसी उत्ते कुम्हार ने –
ऐसी मिट्टी गूंधी
कि अल्लाह ख़ुद चाक पर बैठा
और रासलीला रचाई
एक मूर्ति : राबिया
अल्लाह के नाम के लिए –
इसी तरह लालेश्वरी, मीरा
फिर ताहिरा और तौसीफ़
तौसीफ़ – जिसे
नाइंसाफ़ी तशदुद् पर
मज़हबी तअस्सब द्वारा ज़ख़्मी
हर इंसान –
सलाम कहता है!
और जब साराह बनाई
वह ख़ुदा के हाथ से फिसली
एक दुआ जैसी थी
जब वह मूर्ति टूटी, तब कहर हुआ

उस दिन अल्लाह भी रोया...
जिस तरह मीरा और ताहिरा के क़त्ल पर रोया था
तवारीख़ के नाम गिनने बैठूं
तो गिने नहीं जाते

आज के काल की बात करूं
तो एक अस्मा है
जब सोती है तब जाने कितने काल देखती है
एक कोई काल था –
जब उज्जैन के काल मन्दिर में

वह साधना करती रही...
और कोई काल था –
जब योगमाया के मन्दिर में
वह लगातार कई घंटे
साधना में लीन रहती

और कोई काल था
जब दिल्ली शहर का इलाक़ा
जहां अब घनी आबादी है
वहां मीलों तक फैला
आश्रम वह देखती
जहां कितने ही साधु-सन्त
बेख़ुदी में गाते तब साथ में गाती अस्मा
कभी योगी भी उतर आते
धूनी जलाते
और लंगर दिन-रात चलता रहता
लोग आते, दाल और सीधा
लंगर में डालते
पर वक़्त ख़ामोश है –
बस लीला देखता, मुस्कुराता
गुज़रता जाता...
इस बार वह ऐसे क़बीले में जन्मी
जहां सब सन्त साईं काफ़िर कहे जाते हैं
ख़ुदा भी हंसता, और वह भी हंस-भर देती...

यह जग गहरी नींद में सोया
कभी नहीं जागता
नींद के आलम में
गोलियां चलाता, क़त्ल करता
और वीरानियां बिछाता है
और फिर जब अस्मा और
सन्त साईं ख़ुदा की लीला गाते हैं

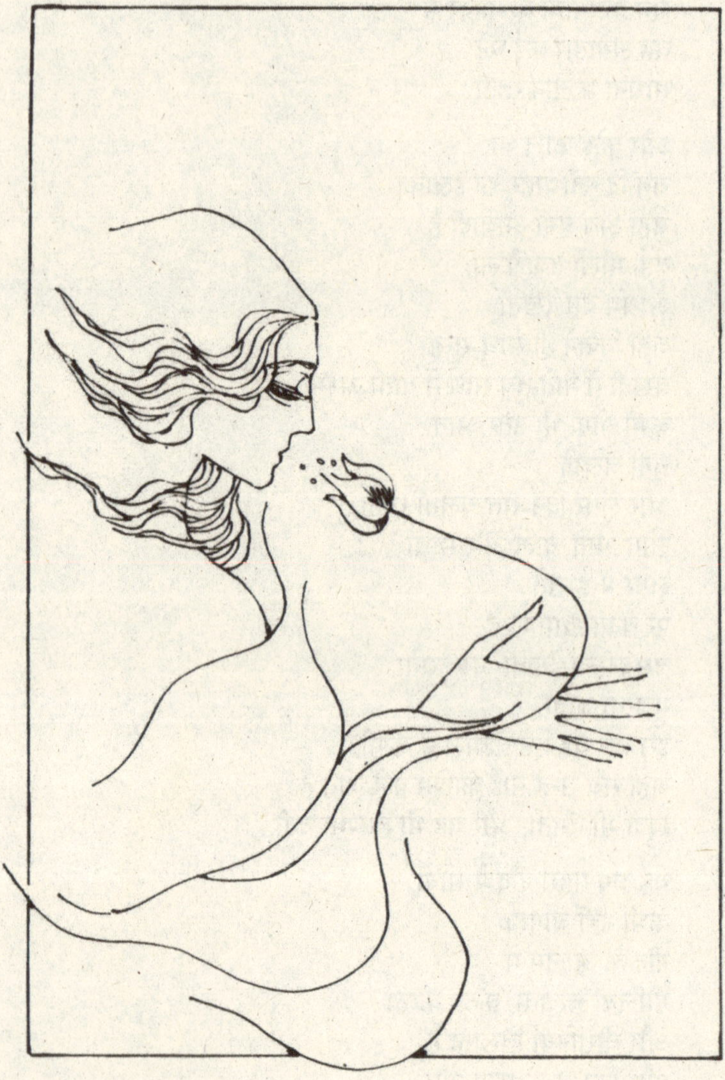

तब मुर्झाए पत्ते टहक जाते हैं –
जैसे कृष्ण लीला आज भी होती है
और एक वन आरक्षित
जहां से किसी का गुज़रना
किसी रात को मंजूर न होता
सिर्फ़ कोई करनी वाला
रात को ये आवाज़ सुन ले...
पर अल्लाह की लीला जग नहीं जानता
हंसता और रोता –
बस लीला से गुज़र जाता हैं
पर अल्लाह की लीला काल-मुक्त है
अब क़ुदरत को –
मैं रब्ब कहूं या ख़ुदा
क्या फ़र्क़ पड़ता है...

हर इंसान का अपना चांद होता है
और अपना आसमान...
एक साराह थी, और वे लोग
जो उसके नाम पर रोज़ कुफ़्र तोलते
वह मरने से पहले, तड़पकर बोली –
"मैं चांद बेचकर आसमान नहीं कमाती।"

मैं आज किसे कहूं
कि सच्च-झूठ की मंडी में
कितने ही चांद बिकते हुए देखे हैं
और जाने कितने लोग हैं –
जो रोज़ कुफ़्र तोलते
और चांद बेच देते हैं

मेरा कसूर यही है कि इन्तहा उदास होकर
पराए कसूर की सज़ा
मैं ख़ुद को देती रही।

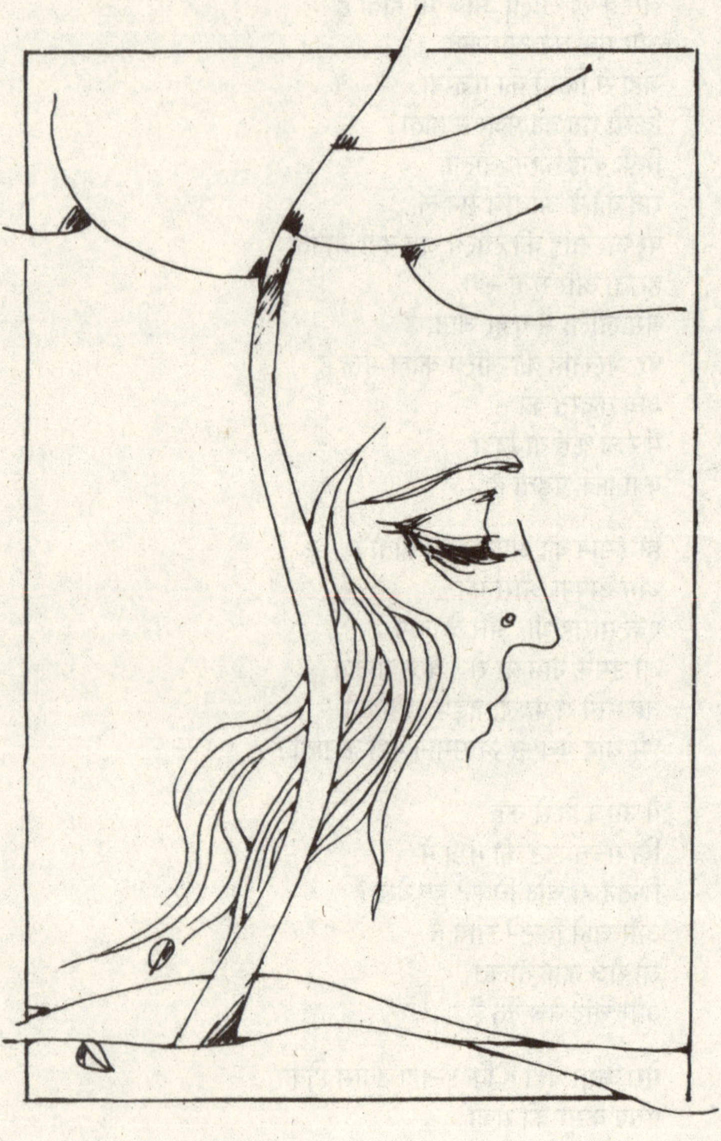

आज जब चारपाई पर पड़ी हूं
तब साराह! तुम बहुत याद आई हो
और बुद्ध का यह कथन भी –
जो उसने आनन्द से कहा था
"ग़ुस्से में आकर –
तुम पराये गुनाह की सज़ा
खुद को दे रहे हो
वह गालियां देता अब हार चला है
तुम शान्त रहो!
वह अपने गुनाह को ख़ुद जानेगा...

यह कथन जो, मैंने सुना भी, समझा भी
फिर भी मस्तक पर धारण न हुआ
अब मरण ऋतु में, जब चारपाई पर पड़ी हूं
तब साराह तुम बहुत याद आई हो।
मेरे मन की पर्तों में क्या-क्या बीतता है तब
जब सच को झुठलाकर
कुफ़्र तुलते हैं
और चांद बिकते हैं...

अभी सुबह हुई थी
कि सूरज ने नज़र भरकर
सारा आसमान देखा
और देखा कि जगह-जगह
रुई के फाहे जैसे
बादल के ढेर थे –

किरणें उससे ज़्यादा जल्दबाज़
वे पूनी कातने बैठीं
तब हैरान मैं
इस कौतुक को देख रही थी
कि सूरज मुस्कुराया –
हैरान क्यों होती हो ?

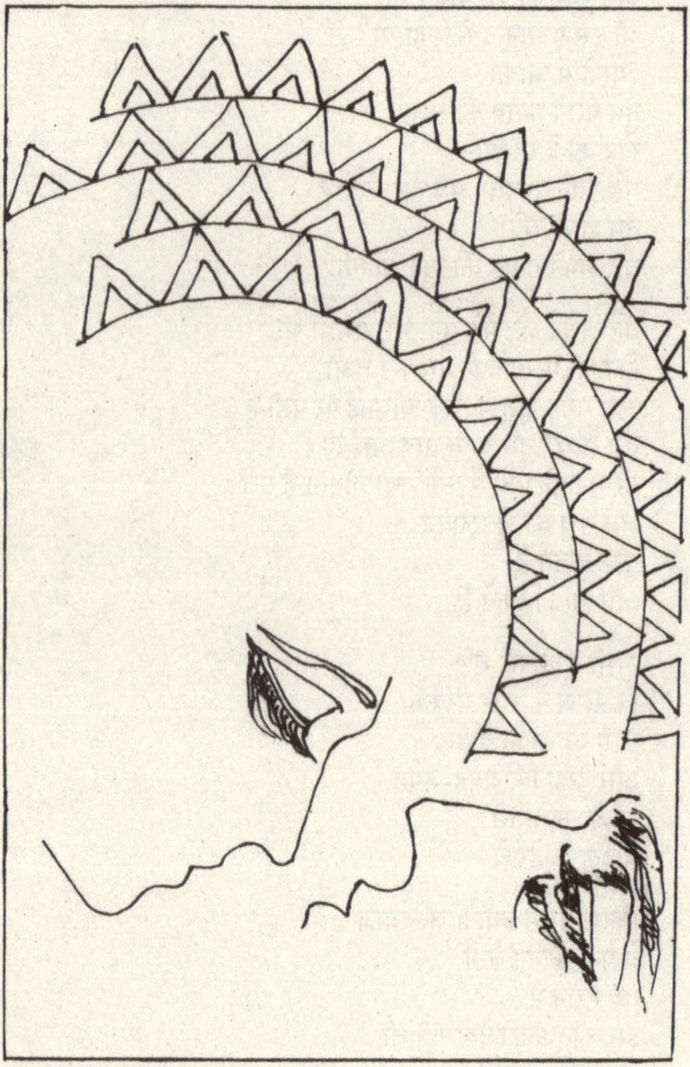

यह खड्डी तो मैं ही बुनूंगा
मैं पल-भर को कबीर होकर
देखना चाहता हूं...

मैंने धीरे-से पूछा
ओ किरनो! मेरी अंग सहेलियो!
यह कबीर का चोला कौन पहनेगा?
किरनों ने एक नज़र सूर्य को देखा
और कहा – यही हमारा अज़ल का योगी
सन्ध्या को देखना!
इसी से मुट्ठी-भर रंग लेकर
कैसे आसमान इस चोले को रंगता है
यह योगी फिर चोला पहनता
घड़ी-भर टहलता
फिर दूर किसी गार में उतर जाता है
आसन तो गार में पड़ा रहता है
और यह ध्यान में उतर जाने
कितने आसमान घूम आता है

और हम चोले पर बखिए जैसी
चोले में छुपी बैठी
इस योगी की लीला देखती हैं

मैंने जाने कैसी उसांस ली
तब बोली – ओ मेरी मां जाई!
तूने बहुत घूम ली दुनिया
अब तो लौटकर आना है
और हमारी तरह एक किरन बनना है!

मेरे होंठ कांपे – बोल न सकी
और आज पहली बार हुआ ऐसा
जब मैंने सूरज को नमस्कार की...

विदा

आज धरती से कौन विदा हुआ है
कि आसमान ने बांहें फैलाकर
धरती को गले से लगा लिया
त्रिपुरा ने हरी चादर कफ़न पर डाली
और सुबह की लालिमा ने
आंखों का पानी पोंछकर
धरती के कन्धे पर हाथ टिकाया
कहा –
थोड़ी-सी महक विदा हुई है
पर दिल से न लगाना
कि आसमान ने तुम्हारी महक को
सीने में संभाल लिया है...

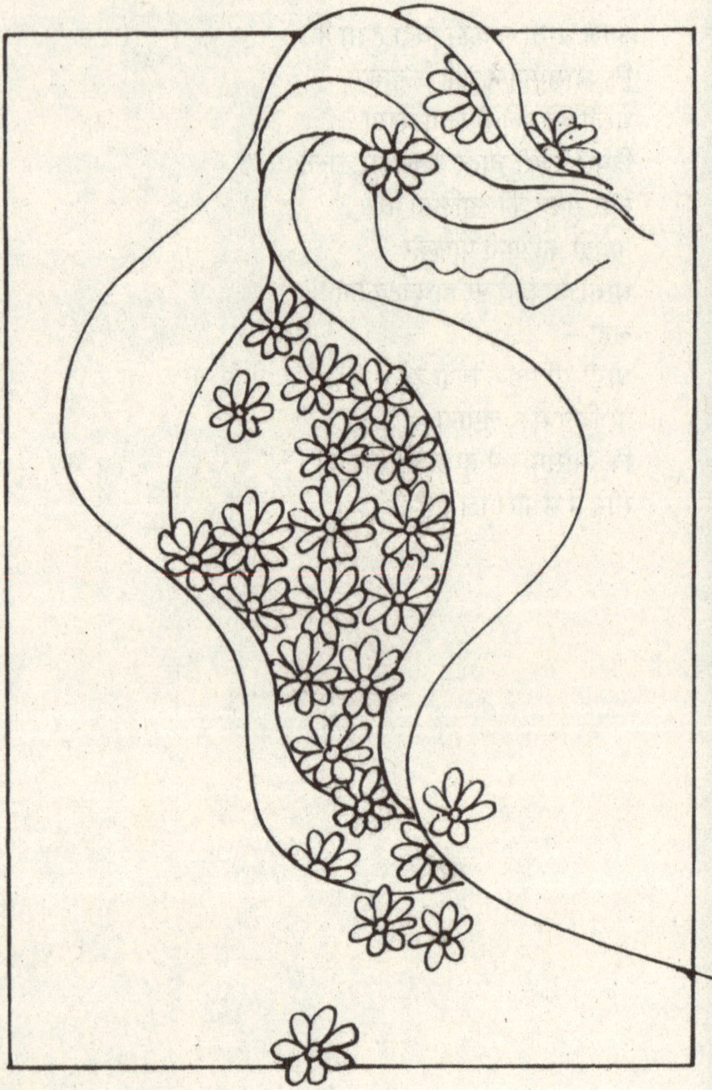

मैं तुम्हे फिर मिलूंगी

मैं तुम्हें फिर मिलूंगी
कहां? किस तरह? नहीं जानती
शायद तुम्हारे तख़्यिल की चिनगारी बनकर
तुम्हारी कैनवस पर उतरूंगी
या शायद तुम्हारी कैनवस पर
रहस्यमय रेखा बनकर
ख़ामोश तुम्हें देखती रहूंगी

या शायद सूरज की किरन बनकर
तुम्हारे रंगों में घुलूंगी
या रंगों की बांहों में बैठकर
तुम्हारी कैनवस को लिपटूंगी
पता नहीं कैसे-कहां?
पर तुम्हें ज़रूर मिलूंगी

या शायद एक चश्मा बनी होऊंगी
और जैसे झरनों का पानी उड़ता है
मैं पानी की बूंदें
तुम्हारे जिस्म पर मलूंगी
और ठंडक-सी बनकर
तुम्हरे सीने के साथ लिपटूंगी...
मैं और कुछ नहीं जानती
पर इतना जानती हूं
कि वक़्त जो भी करेगा
यह जन्म मेरे साथ चलेगा

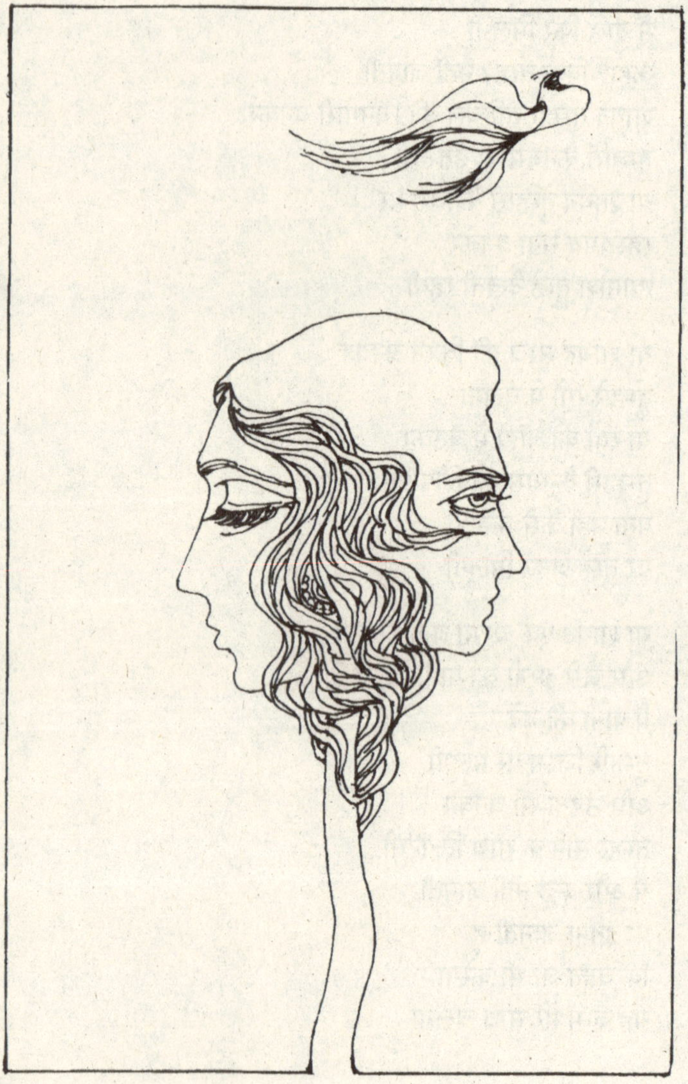

यह जिस्म जब मिटता है
तब सब-कुछ ख़त्म हो जाता है
पर चेतना के धागे
कायनाती कणों के होते हैं
मैं उन कणों को चुनूंगी
धागों को लपेटूंगी
और तुम्हें मैं फिर मिलूंगी...

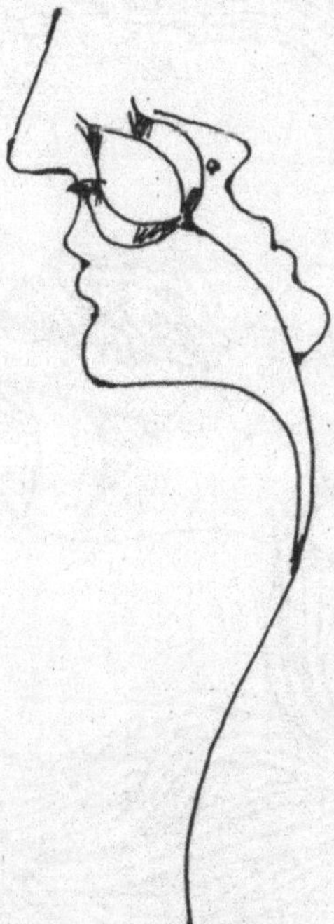

आज रात

रात आधी बीती होगी
थकी-हारी
नींद को मनाती आंखें

अचानक व्याकुल हो उठीं
कहीं से आवाज़ आई –
"अरे, अभी खटिया पर पड़ी हो!
"उठो! बहुत दूर जाना है
आकाश गंगा को तैरकर जाना है।"

मैं हैरान होकर बोली –
"मैं तैरना नहीं जानती
पर ले चलो,
तो आकाश गंगा में डूबना चाहूंगी।"

एक ख़ामोशी – हल्की हंसी
"नहीं डूबना नहीं, तैरना है...
मैं हूं...ना..."

और फिर जहां तक कान पहुंचते थे
एक बांसुरी की आवाज़ आती रही...

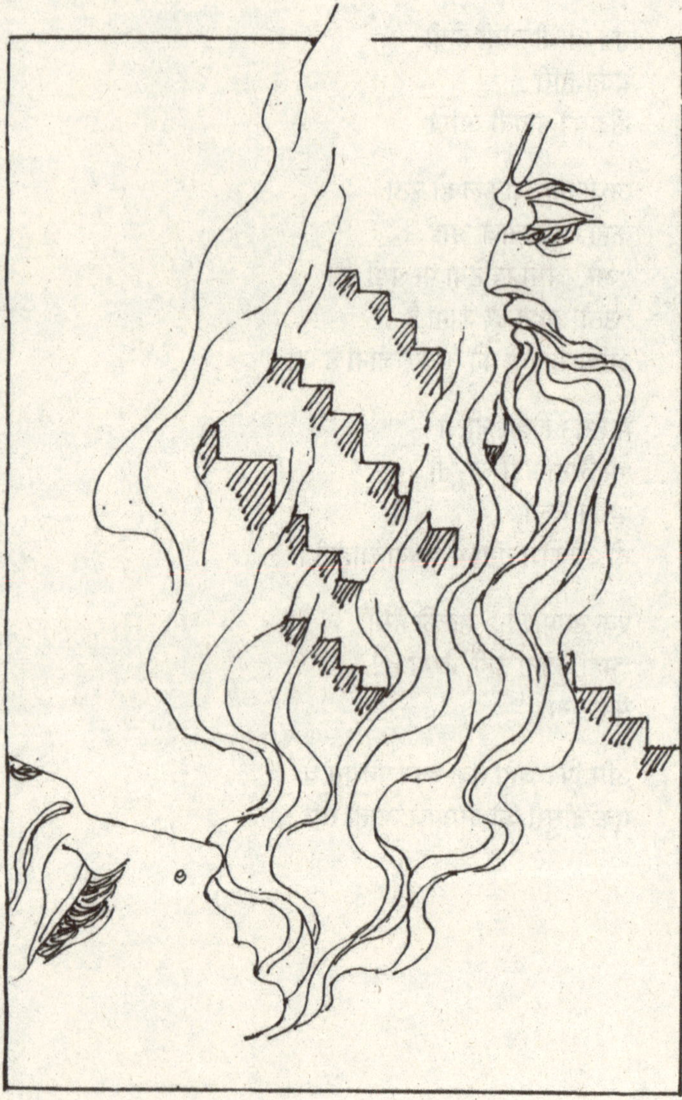

ओ मेरे अजनबी योगी!

कायनाती रहस्य मैं नहीं जानती
पर इतना जानती हूं योगी!
कि जब तुम्हें ब्रह्मविद्या मिली
और आसमान से जो फूल बरसे थे
उन फूलों की महक मेरे श्वासों में है –

और मैं कोई कर्मकांड भी नहीं जानती
पर इतना जानती हूं –
कि तुम्हारी पूजा का एक अक्षर मैं भी हूं...

फिर उस अक्षर का करम हुआ
जो तुम्हारी पूजा में लिपटकर आया
मेरे मस्तक में चमका
और रात मैं स्थूल काया से निकलकर
सूक्ष्म काया में घूमती रही
फिर उन सबके मस्तक पर हाथ रखा
जो मेरे संग नफ़रत कमाते रहे
कहा –
कि तुम्हें मोहब्बत नसीब हो!
मन की शान्ति उसका हासिल बने
फिर सबको नमस्कार की –
और अभी-अभी स्थूल काया में
मैं लौट आई हूं...
ओ! मेरे अजनबी योगी!

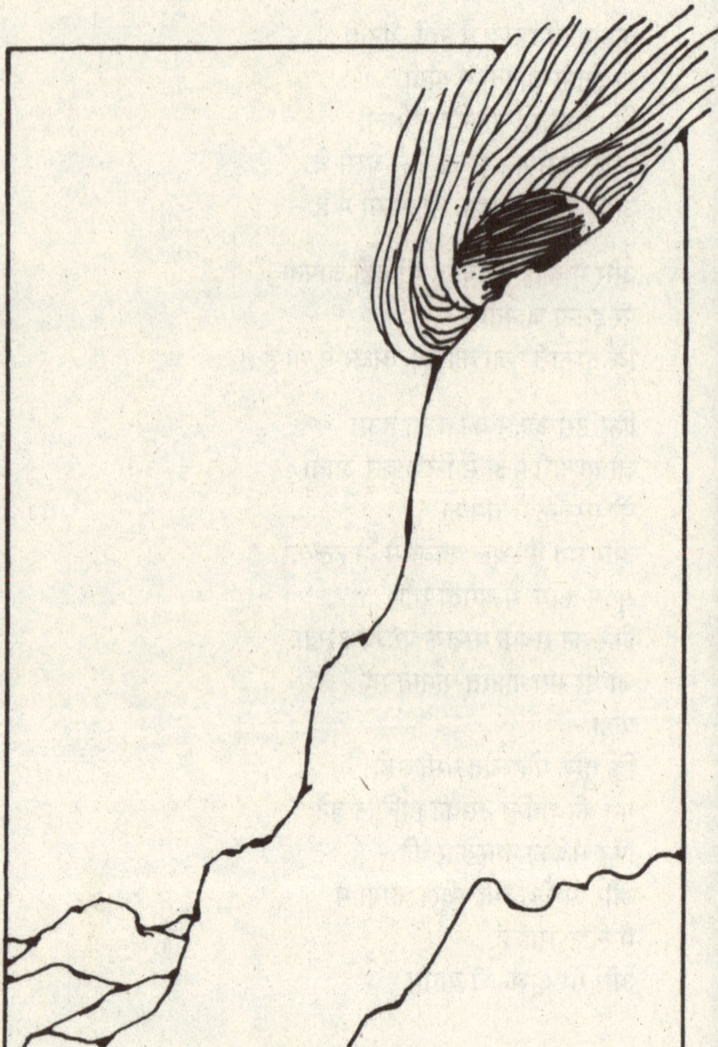

वक़्त आ गया है

कृष्ण के झोले में बंधा
रोटी का टुकड़ा क्या मुझे भी
नसीब होगा...

दिखाने वाले ने
जो दिखाया है
मैं वही कहती हूं –
देखा –
कि बर्फ़ के रास्ते पर से
एक काफ़िला गुज़र रहा
गद्दी लोगों का काफ़िला
अपनी भेड़ों को लेकर।
निचले गांवों में
बर्फ़ का समय बिताने जा रहा...
पर एक अकेला यात्री
पैर से लंगड़ाता
बहुत पीछे रह गया...
लाठियां टेकता
और गाता-बजाता
काफ़िला तो आगे निकल गया
और वह अकेला यात्री
पैर की जूती के तले में उतरती
बर्फ़ की किर्चों की चुभन से तड़पता
बर्फ़ में उतर जाने वाला था
कि बर्फ़ की वादी से
बांसुरी की आवाज़ आई

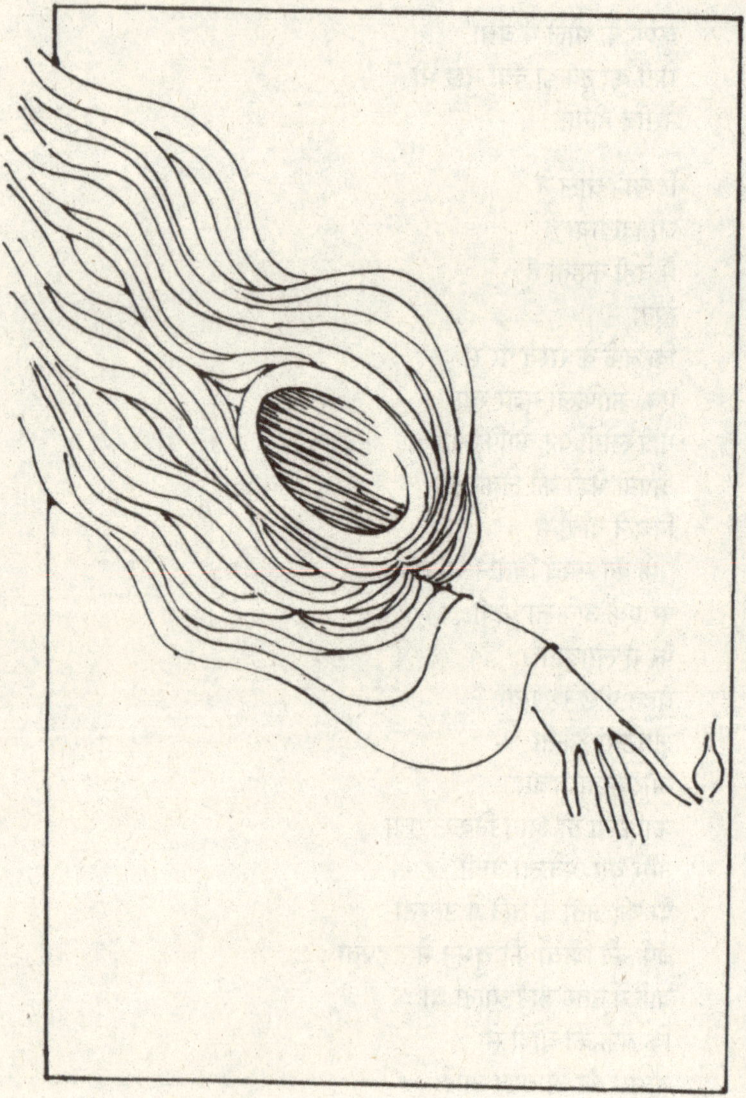

राही ने तरसकर वादी को देखा
देखा कृष्ण सामने खड़े थे
कृष्ण के इशारे पर चलते राही ने
बर्फ़ की एक दीवार की ओट में
गर्म पानी का चश्मा देखा
संकेत समझा
चश्मे में नहाने लगा...

मैं वहां नहीं थी
पर सब देख रही थी
यह दिखाने वाले की मर्ज़ी थी
कि काफ़िले के गाते लोग भी देखें
वह यात्री भी, कृष्ण भी
किसी ने बोलकर कुछ नहीं कहा
पर ज़ाहिर था
कि मौत का चश्मा पीड़ा से बिंधे बदन से
सारी पीड़ा दूर करता है
बदन को तरोताज़ा करता है
नहाया-धोया वह यात्री
जब चश्मे से निकला
कृष्ण ने अपने थैले से
रोटी का टुकड़ा निकाला
यात्री को दिया और साथ में संकेत भी
कि अब कहां जाना है...

यह सारा संकेत मेरे लिए
ज़ाहिरा संकेत था
तब ही तो यक़ीन है
कि जब मौत के चश्मे में नहाऊंगी
तब कृष्ण मुझे भी रोटी देंगे
और अगले रास्ते का संकेत भी

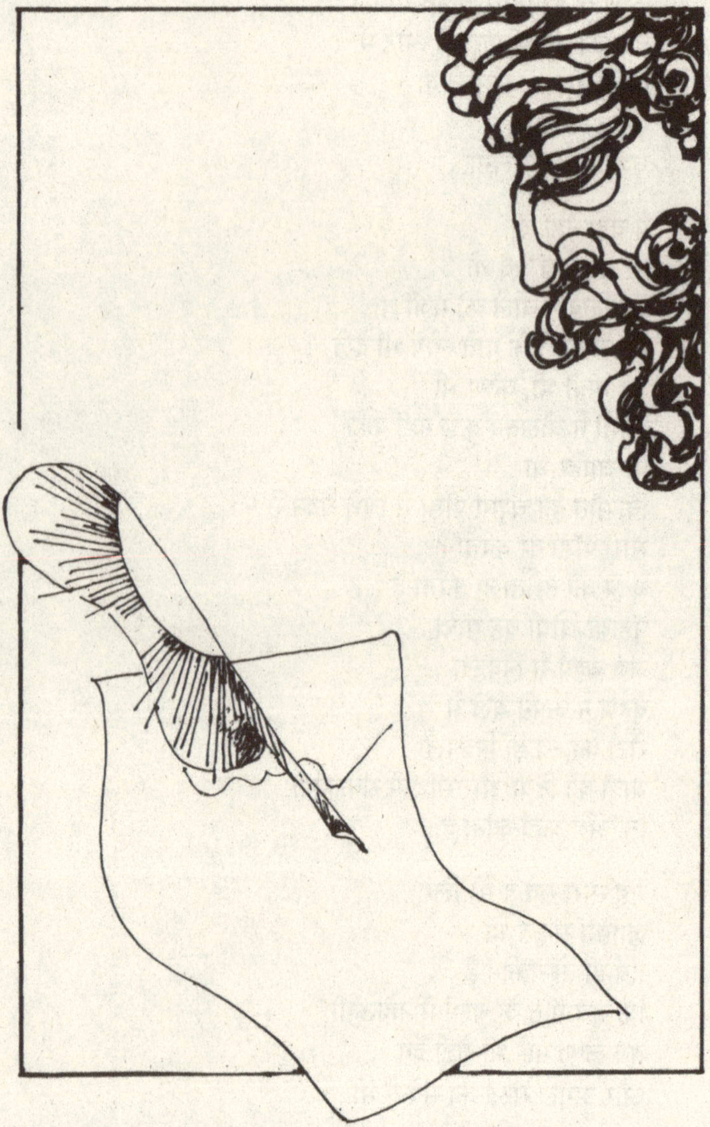

आज

आज इज़राइल आया
कैंठे वाला मेहमान बनकर
हाय अल्लाह! मां तो कोई नहीं
पर मेरे तो अभी काम नहीं पूरे हुए

आते ही उसने मुझे खीर का कटोरा दिया
अल्लाह क़सम
ऐसा रिवाज कभी देखा न सुना...
काम ने ऐसा ताना बुना
कि दिल को धुनकर कोई पूनी बटनी होती
और मेरी क़लम ने कोई सूत कातना होता...

सो अभी तो हाथ ख़ाली नहीं
क़लम कैसे छोड़!
और कैंठे वाले
तेरी खीर कैसे खाऊं!

पर आए हो तो बैठ जाओ!
यह सामने मोढ़ा बिछा है
मैं तुम्हें एक बात सुनाती हूं
क़ि जो प्राण तुम लेने आए हो
वह तो ये काग़ज़ और क़लम ले चुके हैं...

तवारीख़

इतिहास ने दहलीज़ पर खड़े होकर
विज्ञान का मस्तक चूमा
और विज्ञान था कि मस्तक को
कितनी ही देर टटोलता रहा
तवारीख़ हंसी –
जो जाना गया, वही तुम
जो नहीं जाना गया
वह न मैं, न तुम...
विज्ञान ने शीश झुकाया
और कहने लगा – एक सवाल है
जो कई बार मस्तक से निकल जाता है
मैं हैरान होता – कि वह रास्ता किस तरह का
जहां से कोई दो आत्माएं गुज़रती हैं
और रास्ते के सीने में फूल खिलते हैं
तवारीख हंसी – हां!
और दुनिया के कुएं पर इल्ज़ाम गिड़ते (घूमते) हैं

"हां ऐसा तो होता है,
वह कौन-सा रास्ता या पुल है
जिससे गुज़रकर –
वे आत्माओं के मालिक दर्शन-दीदार करते हैं?"

तवारीख़ मुस्कुराई –
जब कोई मरुस्थल-सी तपती आत्मा

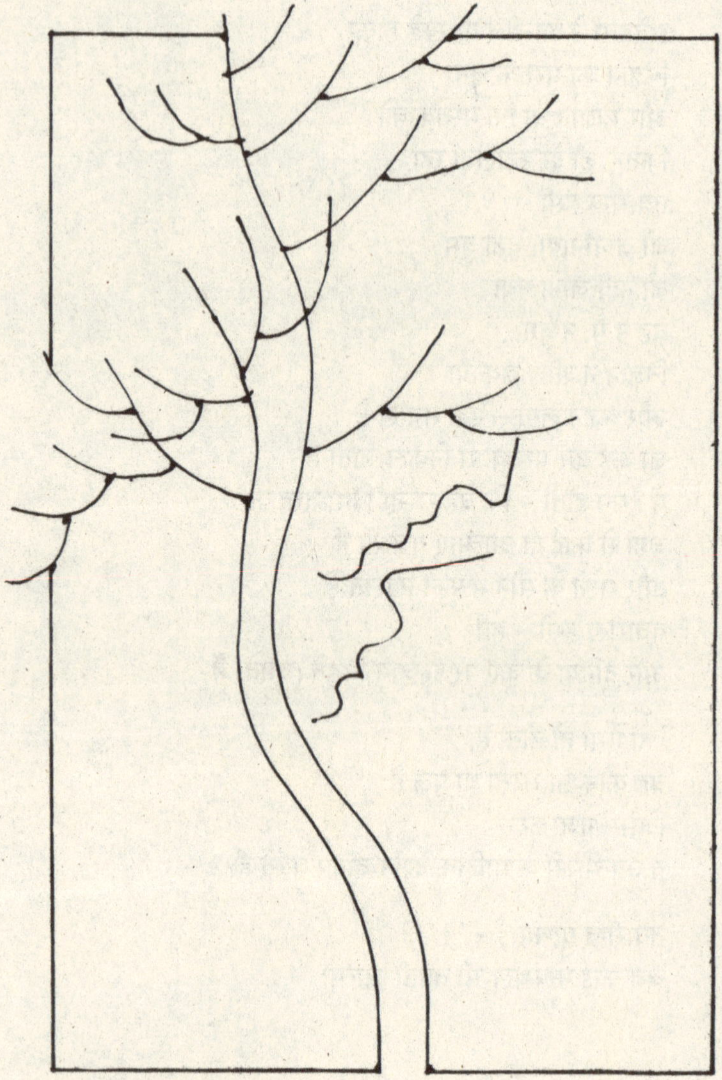

पानी का सपना देख लेती है
पर तड़पती हुई को रास्ता नहीं मिलता
तब एक इलाही करम होता है –
कि हवाओं में से कोई रास्ता तामीर होता है
पर रास्ते के चिह्न
इधर बनते – और उधर मिटते हैं...

"फिर कैसे तलाशूं?" विज्ञान बोला
तवारीख़ हंसी 'न ऋषि जाने न मुनि जाने'
तुमने अगर वह रास्ता तलाशना है
तो किसी कैस (रांझा) से एक किनका मांगना
कि तुम्हें वह दीवानगी मिले –
जो हर काल में किसी एक को मिलती है
और हर काल में कोई एक होता है।

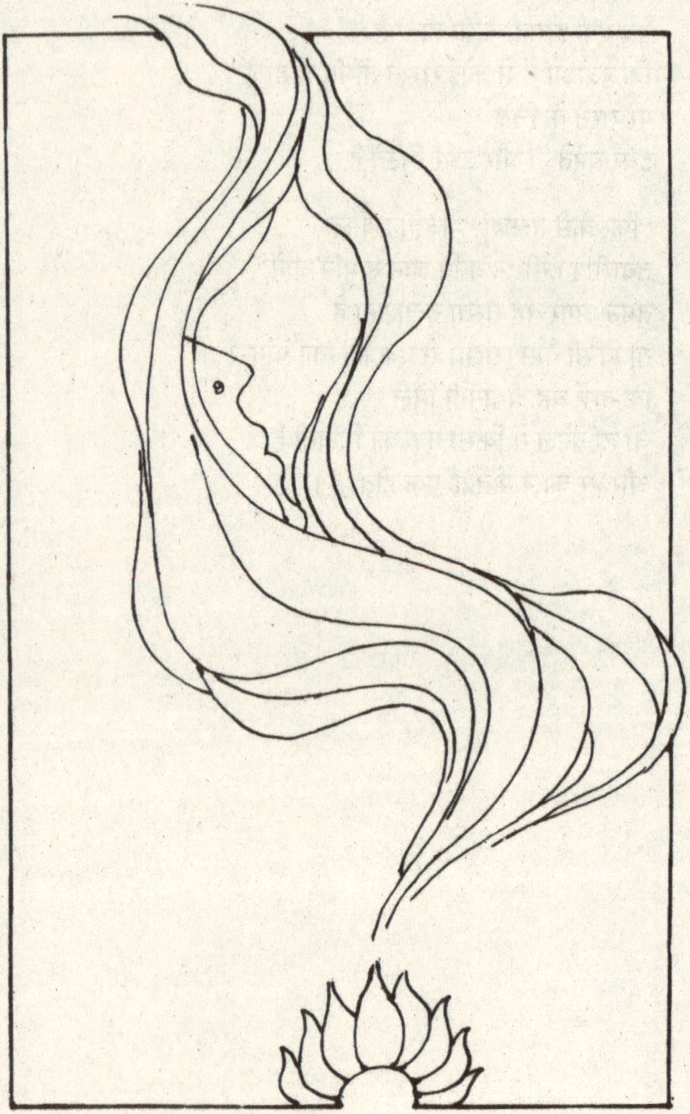

मन योगी तंन भस्म भया

मन योगी तन भस्म भया
तू कैसो हर्फ़ कमाया
अज़ल के योगी ने फूंक जो मारी
इश्क़ का हर्फ़ अलाया...

धूनी तपती मेरे मौला वाली
मस्तक नाद सुनाई दे
अन्तर में एक दीया जला
आसमान तक रोशनाई दे

कैसो रमण कियो रे योगी!
किछु न रहियो पराया
मन योगी तन भस्म भया
तू ऐसो हर्फ़ कमाया...

मेरी ख़ता

जाने किस रास्ते से होती हुई
और कब की चली
मैं उस रास्ते पर पहुंची
जहां फूलों से लदे पेड़ थे
और इतनी महक थी –
कि सांसों से भी महक आती थी
अचानक दरख़्तों के दरमियान
एक सरोवर देखा
जिसका नीला और शफ़्फ़ाफ़ पानी
दूर तक दिखता था –
मैं किनारे पर खड़ी हुई तो दिल किया
सरोवर में नहा लूं
मन भरकर नहाई
और किनारे पर खड़े होकर
जिस्म सुखा रही थी
कि एक आसमानी आवाज़ आई
यह शिव जी का सरोवर है...
सिर से पांव तक एक कंपकंपी आई
हाय अल्लाह! यह तो मेरी ख़ता
मेरा गुनाह –
कि मैं शिव के सरोवर में नहाई
यह तो शिव का आरक्षित सरोवर है।
सिर्फ़..उनके लिए
और फिर वही आवाज़ थी
कहने लगी –
कि पाप-पुण्य तो बहुत पीछे रह गए

तुम बहुत दूर से चलकर आई हो
एक ठौर बंधी और देखा
किरनों ने एक झुरमुट-सा डाला
और सरोवर का पानी झिलमिलाया
लगा – जैसे मेरी ख़ता पर
शिव जी मुस्कुरा रहे...

कुछ सपने

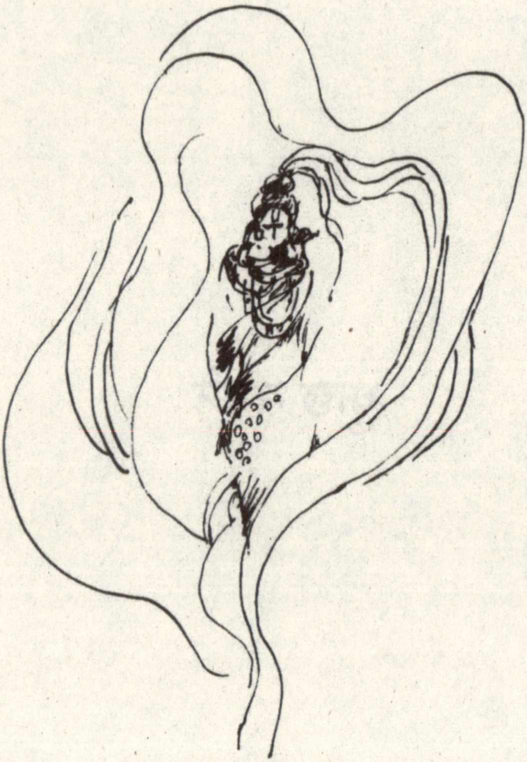

देखा – शिव खड़े हैं –
साथ में औरत और मर्द की कई सूरतें
पर बड़े-बड़े ग्रन्थों की सूरत में।
मैं शिव को पूछती हूं – ये कौन हैं?
वे कहते हैं – सब शिव सागर की
लहरें हैं...
मैं पूछती हूं – शिव! मैं भी तुम्हारे सागर
की एक लहर हूं, फिर बाहर क्यों खड़ी हूं?
शिव जवाब नहीं देते, सिर्फ़ मुस्कुरा
देते हैं ...

मार्च, 2001

सारा दिन अजीब नींद की खुमारी
छाई रही – दोपहर तीन बजे सो गई।
रात के आठ बज गए।
अभी भी नींद नहीं खुल रही थी –
अर्ध-निद्रा का आलम था – कि
सामने एक वृक्ष देखा – जिसके तने से
पत्ते झड़ रहे थे –
एक वीरानगी का अहसास था...
आवाज़ आई – ये पत्ते झड़ जाने दो!
फिर पेड़ के शिखर पर
एक फूल खिलेगा,
जिसमें पूर्ण खुदा खिलेगा –

2001

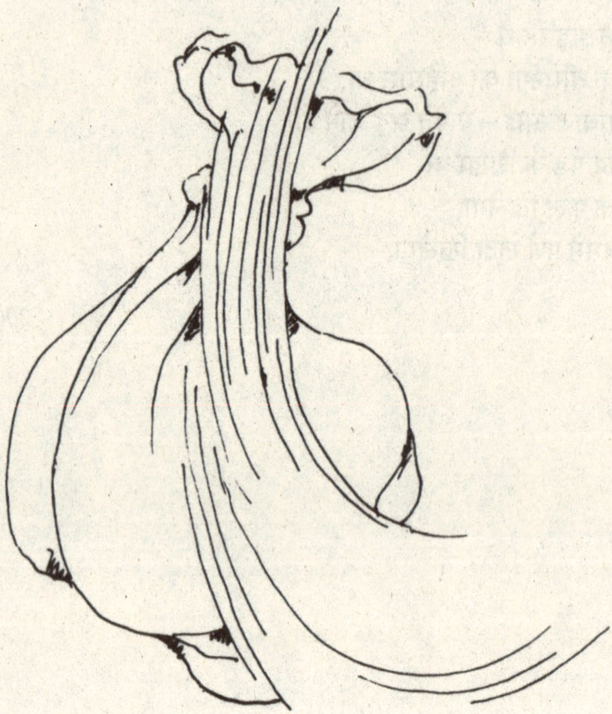

आज सोते वक़्त ऊंघ-सी गई –
पूरी नींद में नहीं थी –
जब एक पेड़ की पतली-सी टहनी झूलती आई...
टहनी एक लाल रंग की थैली थी।
मैंने पकड़ी – देखा – कि ये तो मेरे
बाप-दादा की मोहरों वाली थैली है...
फिर देखा – कोई जल्दी-जल्दी
कुछ काग़ज़ जला रहा है – मैं उसके पास गई,
उसने सिर उठाकर देखा – "तुम्हें हर
लेन-देन से मुक्त किया है।"

2001

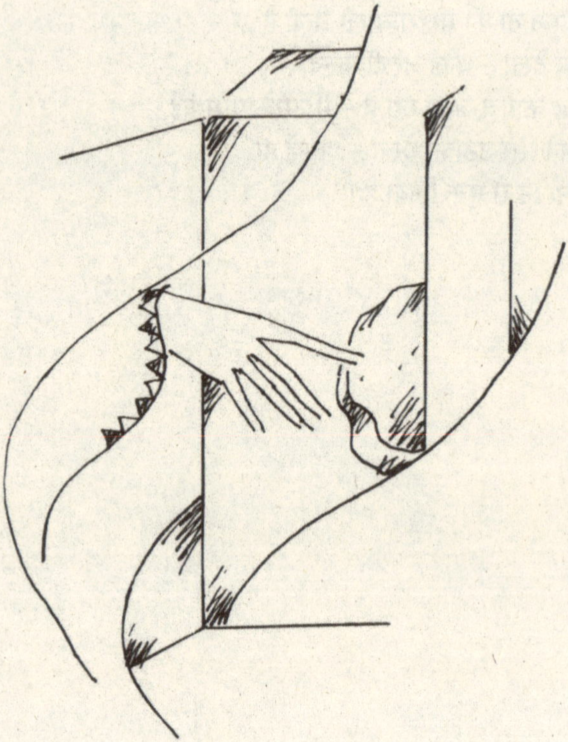

अपनी एक स्टील की अलमारी खोली
भीतरी ख़ाने में एक और ख़ाना देखा
जो पहले कभी नहीं था देखा...
हैरान-सी ने वह ख़ाना खोला
भीतर से रोटी की एक थाली निकली –
देखकर लगा – मुझे बहुत भूख लगी हुई थी -
वहीं खड़े होकर मैं रोटी खाने लगी –
पूरी के साइज़ की तन्दूरी रोटी थी,
बहुत ताज़ा और मुलायम...

2001

जैसे एक साय-सा देखा –
कि एक जगह शिव धूनी सेक रहे हैं –
मैं बाईं तरफ़ उनके पास बैठी हूं –
और दाईं तरफ़ पार्वती नृत्य कर रही हैं...

2001

मुद्दत बाद साईं को देखा –
वे किसी को कह रहे थे –
"गुरु पूर्णिमा की प्रभात है – उठो!
अमृता मैया के पास जाओ!"

2001

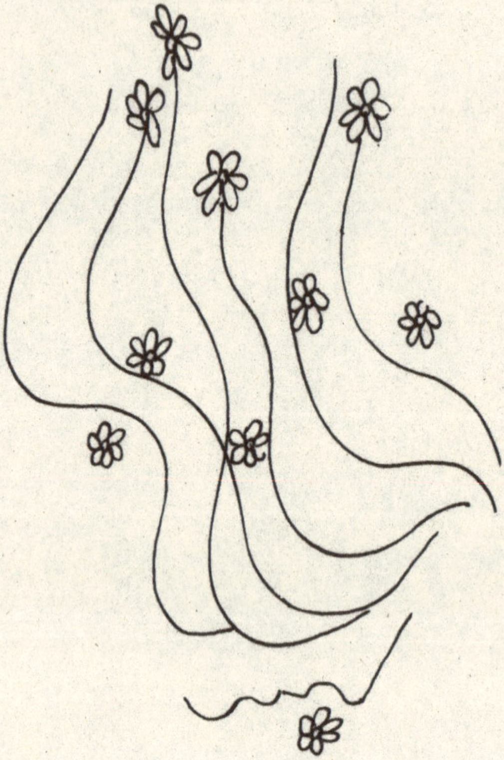

एक अजीब घटना थी –
कि सारा दिन घर से धूप और
अगरबत्तियों की ख़ुशबू आती रही –
जिस कमरे में जाऊं; ख़ुशबू थी –
हालांकि कहीं कोई अगरबत्ती नहीं जली हुई थी।
हैरान होकर अपना बदन सूंघा –
सारे बदन से वह महक आ रही थी...
सारा दिन यह आलम रहा –
पर सन्ध्या होते ही यह महक खोने लगी –
इमरोज़ को भी यह बताने से झिझक गई
कि वे हंस देंगे...

2001

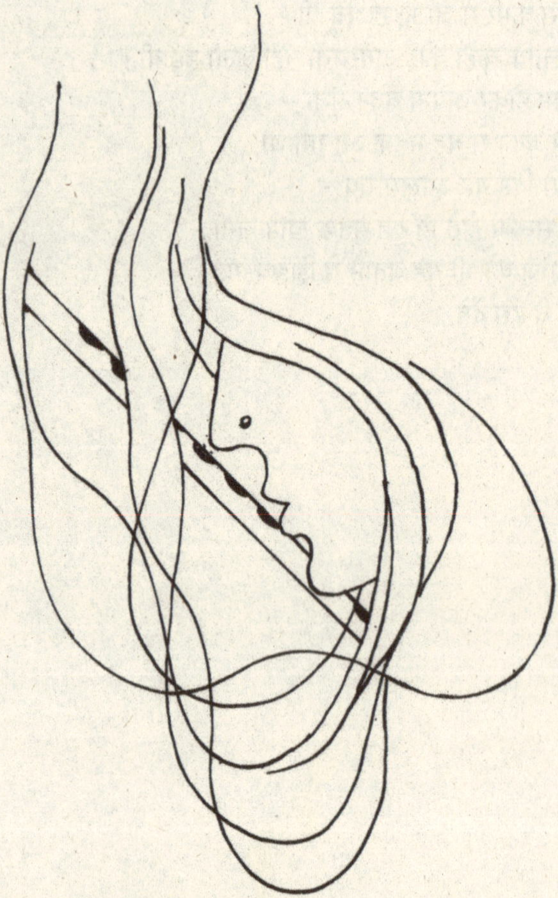

"तेरे ऩग्मे जिस काल में भी होंगे
वह काल मेरा है..."
आज रात आसमान से यह आवाज सुनी –
कोई गा रहा था।
मैंने न कभी इस तरह की आवाज सुनी है –
न इस जैसी लय

जब जाग आई – समय रात्रि के 11. 30 का था।

2001

सुबह-सुबह अजीब सपने से जागी –
हीर की मां हीर के विवाह के समय
बहुत रोते हुए देखी – कह रही थी –
"अरी तेरा मामा कहां से लाऊं?
अरे मेवाड़ वालो : मैं कहां जन्मी,
मेरा भाई कहां, जो आज मामा होकर आए"
वह फिर चूचक को कहं रही थी –
"अरे ब्याह दे उसे, जहां वह चाहती है।
तेरी पगड़ी को तब लाज न आई,
जब धर्म ईमान चला गया –
तू राजपूत था – कैसे दीन धर्म छुपा लिया?"

2001

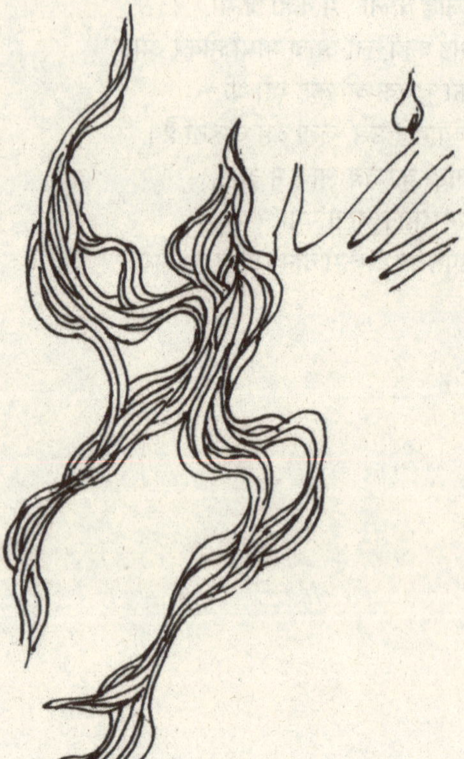

देखा कुछ गद्दी लोग मिलकर बर्फ़ से नीचे उतर रहे हैं।
चारों ओर बर्फ़ थी – सारी ज़मीन पर भी।
वे गा रहे थे – ताकि रास्ता आसान हो जाए।
वे नीचे के गांवों-नगरों में उतर रहे थे – बर्फ़ीले दिन काटने
के लिए –
देखा – एक गद्दी बीमार-सा है। जख़्मी भी। दाईं टांग से।
पैरों की जूती में इतने छेद हैं – कि पैरों तले की बर्फ़ मोटी
जूती में किर्चों की तरह चुभती है –
वह बर्फ़ में धंसने लगा –
अचानक बांसुरी की आवाज़ आई, वह हैरान था, कि
कृष्ण दिखें जो मुस्कुराकर हाथ के इशारे से उसे बुला
रहे थे।
वह सारा ज़ोर लगाकर बर्फ़ से निकला।
क़रीब जाने पर कृष्ण ने हाथ से एक ओर इशारा
किया – वह उस ओर गया – तो
बर्फ़ की एक दीवार की ओट में गर्म पानी का चश्मा था –
वह कपड़े उतारकर जी भरकर नहाया,
और लगा – वह तरोताज़ा हो गया है
कपड़े भी बर्फ़ पर उतारे थे, जो आधे गीले – आधे सूखे
थे।
वह पहनकर बाहर आया, तो कृष्ण ने अपने डिब्बे से
रोटी निकालकर –
बड़ा-सा टुकड़ा उसे खाने के लिए दिया
और साथ ही एक रास्ते की तरफ़ इशारा किया – जो
शायद गांव-नगर तक पहुंचने का छोटा रास्ता था...

यह दृश्य शायद मेरे लिए एक संकेत है –
कि अब मैंने मौत के चश्मे में नहाना है
जहां सब दुख रोग दूर (काटे) हो जाएंगे –
फिर कृष्ण मुझे रोटी देंगे,
किसी रास्ते का संकेत भी देंगे...

2001

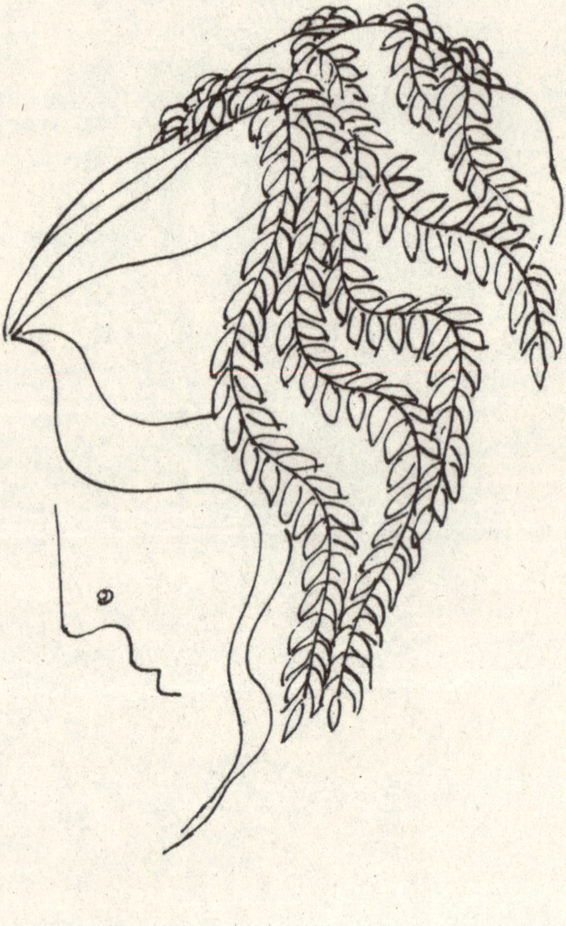

अभी गुज़रती रात में देखा –
कोई तीन बच्चे आए –
एक-सी सूरत लिये,
हंसते-हंसते, उसके हाथ में फूलों का
एक-एक गजरा था –
वे तीनों गजरे मेरे पैरों को बांध गए ...

सुबह काकाश्री का टेलीफ़ोने आया
मैं हैरान-सी बैठी थी –
रात की घटना सुनाई –
वें हंस दिए –
वे ब्रह्मा, विष्णु, महेश थे
...हैरान-सी बैठी हूं...

2001

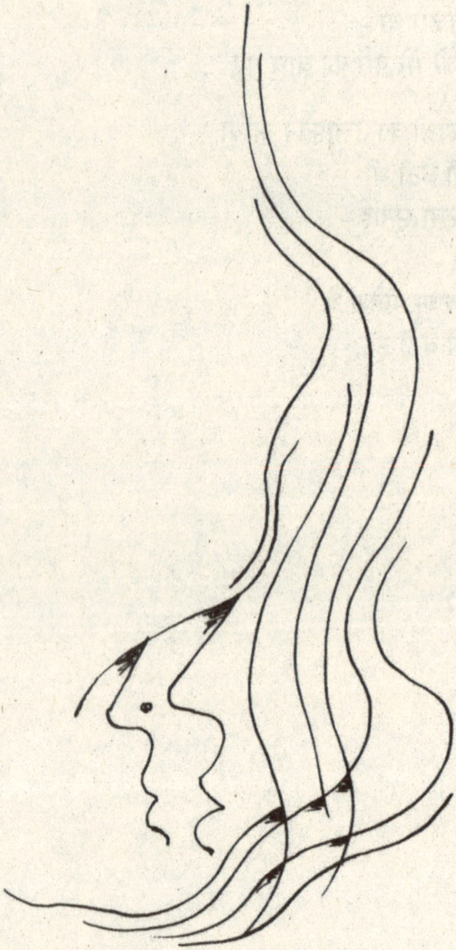

देखा आसमान पर हवन हो रहा है –
मन्त्रों की आवाज़ सुनी –
पीले रंग के फूलों से एक थाल भरा हुआ था
कुछ फूल नीचे ज़मीन पर भी गिर रहे थे –
देखा कि नीचे धरती पर साईं काका बैठे थे –
गले में गहरे पीले फूलों के हार –
और उनके चेहरे पर एक नूर था...
आवाज़ आई, जाने कहां से – कि
आज काका को ब्रह्म विद्या हासिल हुई है –
आज से ये ब्रह्म ऋषि हुए।

2001

शाम को लगभग छः बजे ही सो गई थी –
न जाने किस समय आदि बिन्दू को देखा।
सोच रही थी – 'जब आदि बिन्दू में विस्फोट
हुआ होगा तब क्या हुआ होगा? सारे
पासार के बाद फिर बिन्दू में जाने की
क्या वास्तविकता होती है?...
कि आंखों के सामने सभी सितारे इतनी
तेज़ी से गर्दिश में आए –
कि इतनी रोशनी देखी नहीं गई –
बेहोश हो गई...पता नहीं कितनी देर
बेहोश पड़ी रही...होश में आई तो
सब-कुछ याद था – आंखों के सामने...
अपनी बेहोश काया भी...

2001

आज फिर जंगल में घूमती –
एक बहुत ही ख़ूबसूरत तालाब तक पहुंची
चारों ओर पेड़ ही पेड़ थे –
मैं उसमें नहाने लगी –
आवाज़ आई – यह शिव सागर है...
एक बार आगे भी शिव सागर में नहाई थी...
सोचा – मुझसे कोई गुनाह तो नहीं हो रहा?
कि देखा उस नील सागर पर सूर्य की
किरणें यूं चमक रहीं – जैसे शिव
मुस्कुरा रहे हों...

जनवरी, 2002

गई रात बहुत दर्द था –
जैसे हडिडयां टूट रही हों...
नींद-सी आ गई –
देखा कि मेरी हडिडयां टूटती-जुड़ती
एक गुच्छा-सा होकर ओऽम् की
सूरत बन गई हैं...

सितम्बर, 2002

सारा साल बीमार और बिस्तर पर बीता था –
दाईं टांग के ऑपरेशन के बाद
सिर्फ़ जिस्म का दर्द था – और डिप्रेशन...

आज रात देखा – मेरी स्थूल काया से
मेरी सूक्ष्म काया निकलकर कहीं जा रही है।
कुछ दूर कुछ लोग दिखे, बहुत-से,
पर अंधेरा था पहचान न सकी –
पर वह सूक्ष्म काया उनके पास पहुंची।
एक-एक के सिर पर हाथ रखा –
मैं आवाज़ भी सुनती रही।
वह हर एक को कह रही थी –
आपके भीतर मोहब्बत पैदा हो
और आपको मन की शान्ति मिले।
बहुत देर बाद वह लौटी – फिर एक जगह खड़ी हो गई –
उन लोगों को दूर से देखा और सबको नमस्कार की।
फिर वह मेरी स्थूल काया के पास आकर
उसमें समा गई...

अक्तूबर, 2002

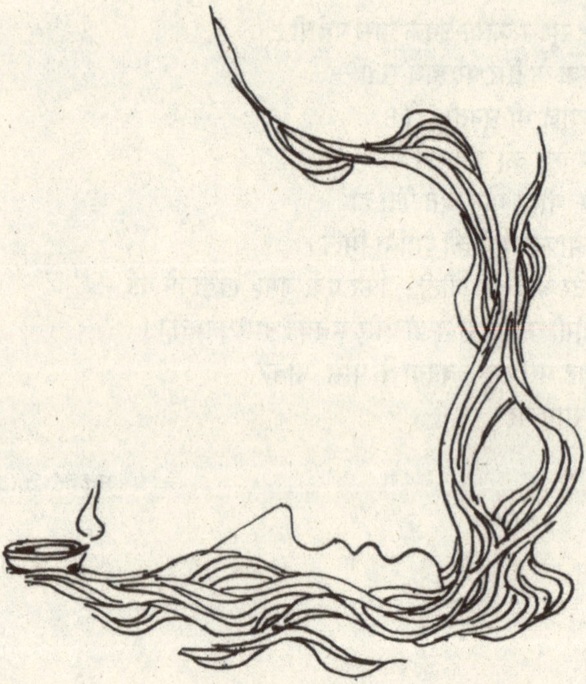

देखा – मैं यह काया छोड़ चुकी हूं।
घर के लोगों ने अग्नि दी, और जब
अग्नि शान्त होने लगी – सब चले गए...
तब मेरी सूक्ष्म काया आई,
हाथ में जलता दीया लेकर,
और चिता के पैरों की तरफ़ दीया रखकर, चली गई

नवम्बर, 2002

देखा – सामने साईं खड़े हैं –
मैंने उनके मस्तक पर लिलक लगाया
लम्बी दिशा का, वर्टिकल।
साईं उसी तरह खड़े रहे...
फिर देखा – कोई हाथ नहीं था –
पर मेरे मस्तक पर उसी तरह का तिलक
लगा हुआ था, लम्बी दिशा का –
ख़ुदाया! तेरी तू जाने
मैं नहीं जानती....

नवम्बर, 2002

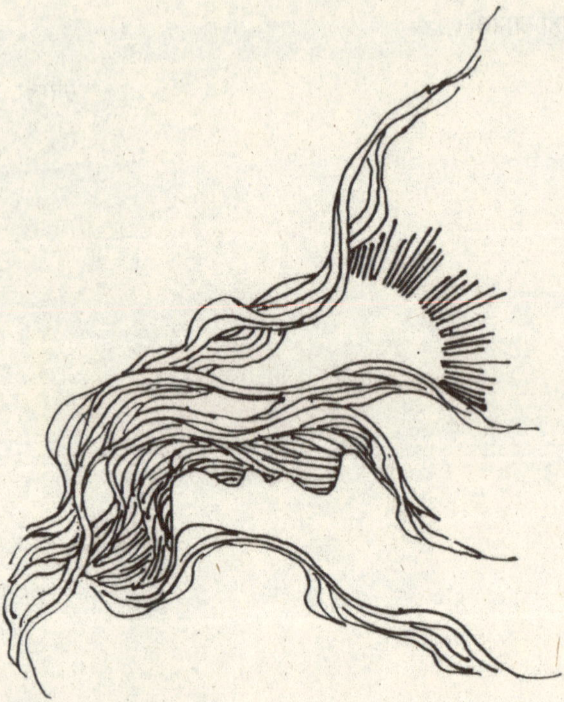

रात के अंधेरे में रजाई का सिरा
सिर की ओर से भी लपेटकर लेटी हुई थी
कि गहरे अंधेरे में सूरज दिखा।
पहले शान्त, फिर ज़रा तीखा...
हैरान-सी घबराकर उठी...

30 नवम्बर, 2002

आज फिर आदि बिन्दू के दर्शन हुए,
सोच रही थी जब इसमें विस्फोट हुआ होगा,
क्या हुआ होगा?
इतना ही सोचा था –
विस्फोट का सारा काल सामने आ गया।
आदि बिन्दू में से ज़ोर की चिनगारियां उड़ीं –
जैसे सितारे गर्दिश में आए हों।
कई-कई अंगारे, मुझ पर गिरे –
पर इतना तेज देखा नहीं गया।
बेहोश हो गई।

जुलाई, 2003

जीने लगो
तो करना
फूल ज़िन्दगी के हवाले
जाने लगो
तो करना
बीज धरती के हवाले